異国の花

着物始末暦㈧

中島 要

時代小説文庫

角川春樹事務所

目次

異国の花　9
天女の打掛　77
菊の縁《えにし》　143
波がたみ　209
付録　主な着物柄　273

着物始末暦
舞台地図

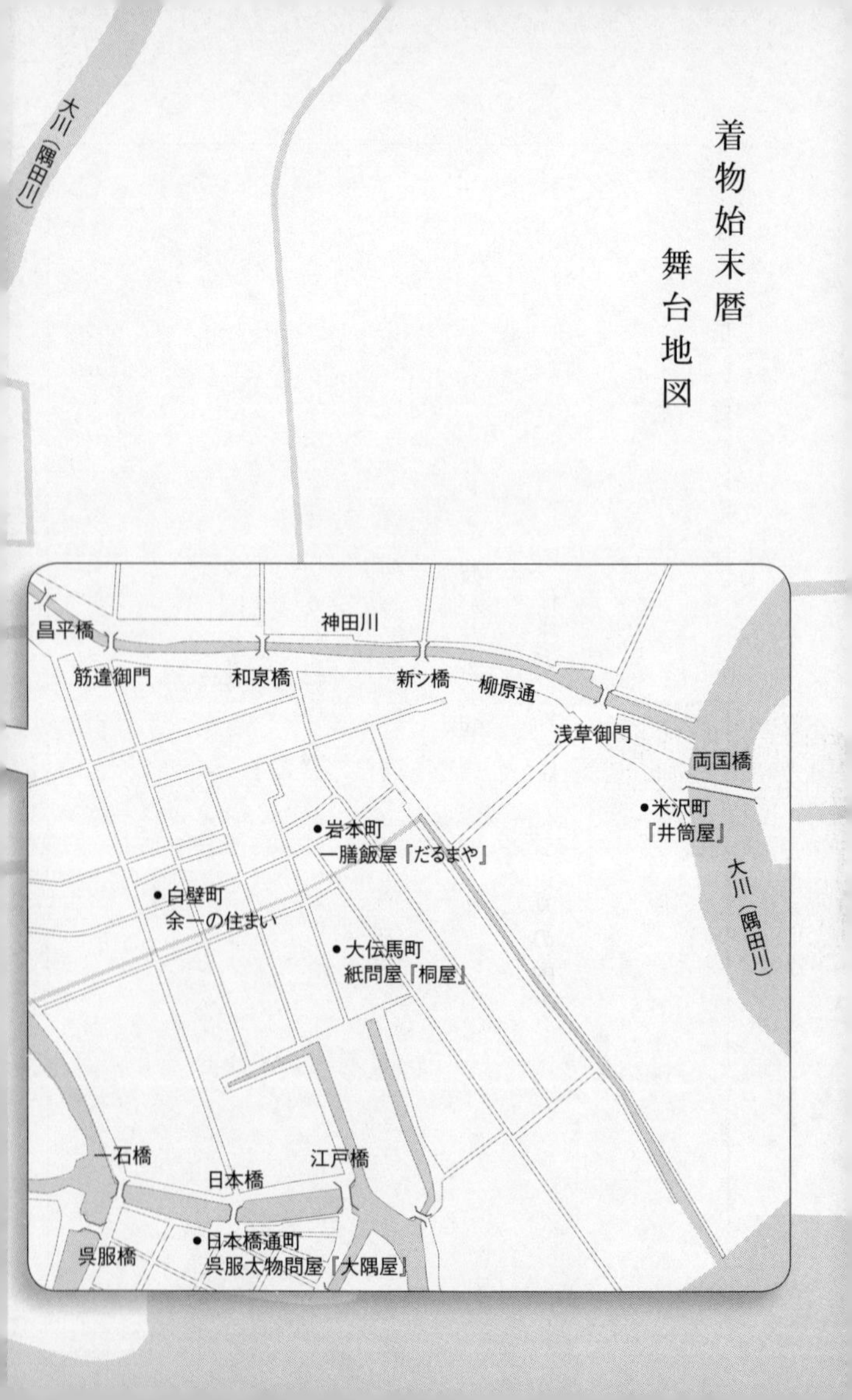
大川（隅田川）
昌平橋
神田川
筋違御門
和泉橋
新シ橋
柳原通
浅草御門
両国橋
●米沢町
『井筒屋』
大川（隅田川）
●岩本町
一膳飯屋『だるまや』
●白壁町
余一の住まい
●大伝馬町
紙問屋『桐屋』
一石橋
江戸橋
日本橋
●日本橋通町
呉服太物問屋『大隅屋』
呉服橋

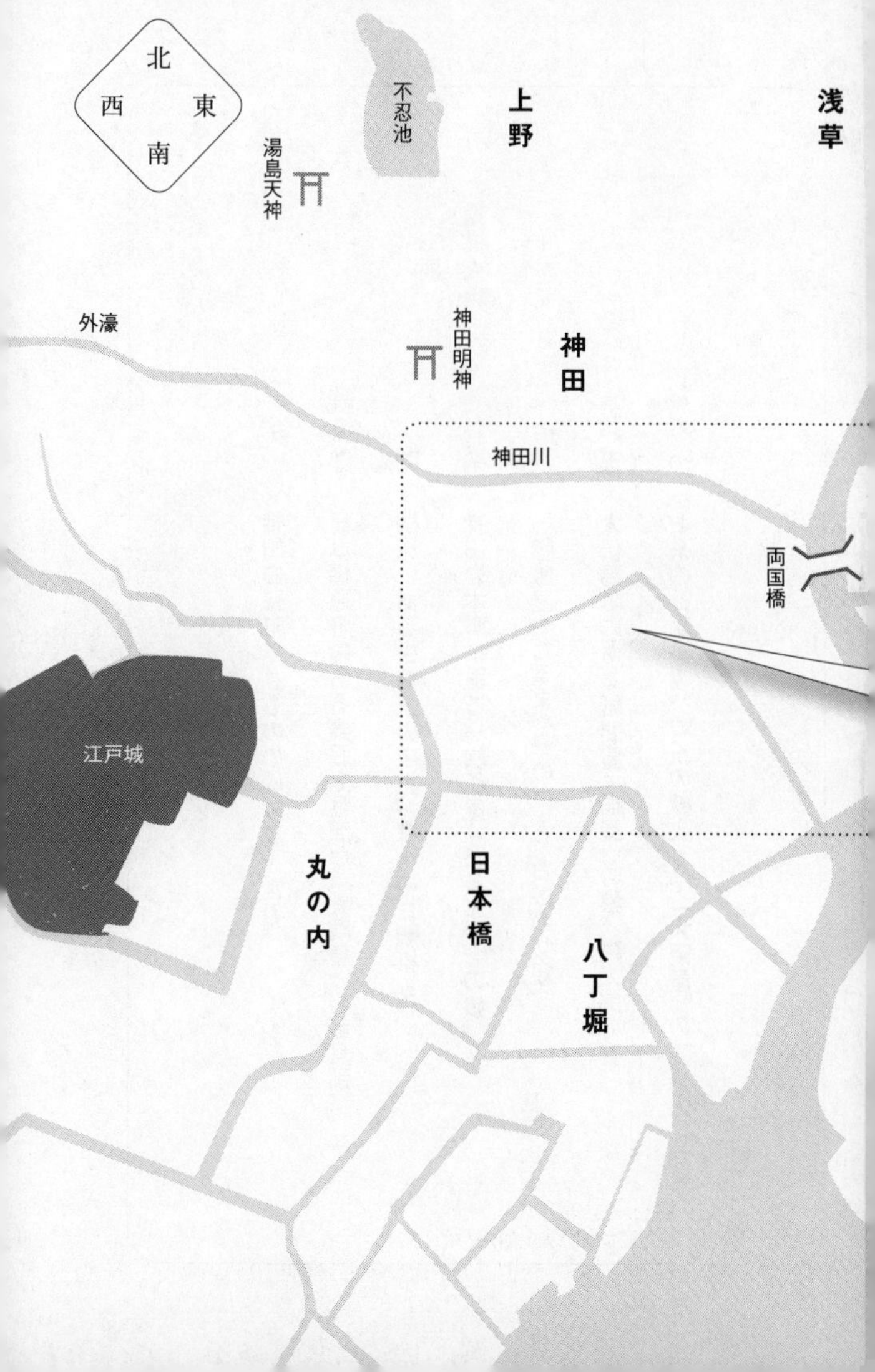
北
西
東
南
不忍池
上野
浅草
湯島天神
外濠
神田明神
神田
神田川
両国橋
江戸城
丸の内
日本橋
八丁堀

主要登場人物一覧

余一《よいち》　神田白壁町できものの始末屋を営む。

綾太郎《あやたろう》　日本橋通町にある呉服太物問屋『大隅屋』の若旦那。

六助《ろくすけ》　柳原にある古着屋の店主。余一の古馴染み。

お糸《いと》　神田岩本町にある一膳飯屋『だるまや』の娘。

清八《せいはち》　一膳飯屋『だるまや』の主人。お糸の父親。

お玉《たま》　大伝馬町にある紙問屋『桐屋』の娘。綾太郎の妻。

おみつ　お糸の幼馴染み。お玉の嫁入りで『大隅屋』の奉公人になる。

異国の花

着物始末暦（八）

異国の花

一

九月一日は朝からいい天気だった。

錦絵《にしきえ》に描かれそうな青く広がる空を見上げ、六助《ろくすけ》は柳原《やなぎわら》の土手で両手を思い切り伸ばす。

こいつはきっと、お糸《いと》ちゃんの日頃《ひごろ》の行いがいいからだな。祝言《しゅうげん》は晴れていねぇと様にならねぇ。

余一《よいち》の行いではないと決めつけるのは、二人が結ばれるまでのあれこれを誰《だれ》よりも知っているからだ。お糸には「よくぞ思い続けてくれた」と頭を下げたいくらいである。

ようやく腹をくくった花婿《はなむこ》には「湯屋《ゆうや》と髪結《かみゆ》い床《どこ》に行け」と言ってある。きものはお糸が仕立ててくれた金通し縞《じま》を着るらしいが、余一は生まれてからずっと自身の祝い事とは縁がない。妙なところで横着だから、手を抜きそうで心配だ。

時刻は朝四ツ（午前十時）になったばかりなのに、六助は年甲斐《としがい》もなくそわそわして落ち着かない。何しろ、今夜の祝言に招かれているのは自分だけだ。お糸の幼馴染《おさななじ》みは仕事で来られないらしい。

――おみつちゃんは大隅屋《おおすみや》さんの仕事が忙しいから。

お糸がそう告げたとき、顔には憂《うれ》いの色があった。それを見た六助はすぐに裏の事情を察した。

長い付き合いの幼馴染みは、余一と一緒になることをよく思っていないのだろう。貧乏な職人と所帯を持つより、天乃屋《あまのや》に嫁ぐべきだったと意見されたに違いない。

大店《おおだな》の跡取りを袖《そで》にして古着の始末屋と添うなんて、正気の沙汰《さた》じゃねぇからな。俺《おれ》だってほっぺたをつねりてぇくらいだぜ。

余一の親方が生きていたら、果たして何と言うだろう。六助は表情を改めると、神《かん》田川《だがわ》を見下ろした。

仕える尼寺《あまでら》の庵主《あんじゅ》から「面倒を見てやって欲しい」と頼まれた赤ん坊――余一さえいなければ、親方は死ぬまで京にいたはずだ。

離れて江戸に下るのはよほど不本意だったのか、親方は余一にとことん厳しかった。

「おまえさえこの世にいなけりゃあっ」と罵《ののし》ったこともある。

けれどもその一方で、覚えのいい弟子の成長を喜んでいた節もあった。

顔や言葉に出さなくとも、裏稼業に身を置いていた六助の目はごまかせない。そうでなければ、余一にも盗品の始末をさせただろう。

どれほどすぐれた技があっても、受け継ぐ者がいなければ消えてしまう。庵主は親方の腕を惜しめばこそ、江戸に追いやったに違いない。

俺だって親方のおかげで裏稼業と縁が切れた。人の幸不幸ってやつは、過ぎてみねぇとわからねぇよな。

足元を流れる神田川の水だって、柳橋《やなぎばし》を過ぎたところで大川へと流れ込み、果ては大海原の波となる。

川の流れと人の世は常に移り変わっていく。六助はゆるやかな水の流れを見つめながら、故人の頼みを嚙《か》み締めた。

――……井筒屋《いづつや》には、近づけるな。

京の老舗《しにせ》の呉服問屋である井筒屋と江戸で職人をしている余一――普通に考えれば、一生近づくことはあり得ない。

にもかかわらず、親方は六助にそう言い残した。たとえ片親が違っていても、いずれ血が呼びあうと見越していたからなのか。

――おまはんにうちの仕事を頼みたい。

櫓《やぐら》長屋に押しかけた愁介《しゅうすけ》の申し出を余一は考える間もなく撥《は》ねつけた。だが、血のつながりに気付いたら、そのときは何と言うだろう。

母親を手籠《てご》めにされたのだから、京の井筒屋の主人には恨みしかないはずだ。しかし、罪を犯したのは父親で、腹違いの弟ではない。相容《あいい》れない考えをしていても、縁のなかった肉親を求めることも考えられる。

頭をよぎった考えを、六助は首を振って追い払った。

――おれは人の思いの染みついたきものに触れるのが好きなんだ。呉服屋の蔵にあるような新品には興味がねぇ。

愁介に仕事を頼まれたとき、余一はきっぱり言いきった。新たな身内もできるのに、今さら血のつながりに囚《とら》われるものか。

強いて思い直したとき、呆《あき》れたような声がした。

「そんな顔で見世《みせ》の前をうろうろされちゃ、商売の邪魔になる。小便がしてぇなら、さっさとその辺でしてこいよ」

こっちの気も知らないで、千吉《せんきち》が生意気な口を利く。六助はすかさず嚙みついた。

「うるせぇっ。俺は小便をこらえている訳じゃねぇ」

「だったら、ちったぁ落ち着けって。余一の祝言は日が暮れてからだろう」

役者のように形のいい眉《まゆ》を上げ、千吉がこれ見よがしに嘆息する。

ここで下手《へた》に言い返せば、墓穴を掘ることになりかねない。口をつぐんだ六助の前で、相手はえらそうに腕を組む。

「だいたい衣替えの日に祝言を挙げるなんて、余一は何を考えていやがる。まったく傍迷惑《はためいわく》な野郎だぜ」

今日からきものは袷《あわせ》に替わるが、袷や綿入れは単衣《ひとえ》に比べて値が高い。年中同じもので通す貧乏人も多いため、土手の人通りはいつもとたいして変わらなかった。

駆け出しの古着屋見習いが知ったふうなことを言いやがって。おめぇはしあわせになる余一が妬《ねた》ましいだけじゃねぇか。

だが、図星を指すと、ますます話がこじれるだけだ。六助はからかうような笑みを浮かべた。

「祝言に呼ばれたのは俺だけだからって、ひがむんじゃねぇよ」

「余一の祝言で出るものなんざ、あぶったするめくらいだろう。呼んでもらわなくて幸いだぜ」

行列で嫁入りする金持ちと違い、貧乏人の祝言はごく質素なものである。花嫁は仲人《なこうど》に付き添われて、日の暮れ頃に身の回りの荷物を持って花婿の住む長屋へ行く。花婿は一日の仕事を終えて花嫁を出迎える。仲人の立ち会いの下、三々九度の盃《さかずき》をすませれば、新たな夫婦の出来上がりだ。

己のことにはとかく手を抜く余一である。千吉は今夜の祝言を形ばかりの粗末なものと思い込んでいるようだ。

「おめぇは忘れているようだが、花嫁は一膳飯屋《いちぜんめしや》だるまやの娘だ。あの父親があぶったするめですませるもんか」

清八《せいはち》は若い頃、料理屋で修業をしたと聞いている。今夜は大事な娘のために思う存分腕を振るうに違いない。

調子に乗った六助が「うらやましいか」と続ければ、なぜか千吉が慌て出す。

「おい、余一はだるまやに婿入りするのかよ」

祝言は夫婦が暮らすところで行うものだ。勘違いしたらしい千吉を六助は鼻でせせら笑った。

「余一に一膳飯屋の入り婿が務まるもんか。お糸ちゃんの父親が『祝言はうちでやる』って言い張っただけだ」

「何だよ、驚かせやがって」

余一がきものの始末をやめると思って肝《きも》を冷やしたに違いない。千吉は面白くなさそうに顔をしかめる。

「婿入りでもねぇのに女房の父親が祝言を仕切るなんて、ろくなもんじゃねぇ」

「そう言うな。大事なひとり娘を身寄りのない職人にくれるんだから」

お糸は身の回りの品だけ持って櫓長屋へ嫁ぐという。それなりの支度をするつもりだった父親はさぞがっかりしたはずだ。祝言くらい気のすむようにすればいい。

「余一はそれでいいのかよ」

「あいつは祝い事に疎《うと》いから、むしろ助かったんじゃねぇか。それに嫁に行った後も、お糸ちゃんはだるまやの手伝いを続けるらしい。親父《おやじ》さんにしてみりゃ、嫁に出した気にならねぇわな」

「だが、祝言を挙げた後は余一と暮らすんだろう」

「そりゃ、そうだ。一緒に暮らさなきゃ夫婦じゃねぇし、だるまやの二階じゃ、きものの始末もできやしねぇ」

問われたことに答えてやると、千吉はようやく納得した。そして、意味ありげな流し目をこっちに向ける。

「てぇことは、祝言が終わってから二人で櫓長屋へ行く訳か。あらかじめ布団は敷いておけって、余一に言っといてやんな」

好色な笑みを浮かべる元色事師を六助は無言で引っ叩《ひっぱた》く。「いてぇな」と文句を言われたが、余計なことを言うからだ。

足を洗っても下世話な野郎だと思ったとき、なぜか頰《ほお》を染めた女たちが寄ってきた。

「あの、袷が欲しいんだけど」

「あたしは帯を見たいわ」

「何かお勧めはあるかしら」

口々に言う女たちのまなざしはまっすぐ千吉に向けられている。どうやら、元色事師のしたたる色気に当てられたらしい。千吉は待ってましたとばかりに微笑《ほほえ》んだ。

「いらっしゃいまし。こういう華やかな柄が色っぽいおかみさんにはお似合いですよ。ああ、若いお嬢さんにはこちらの帯はいかがです。季節を問わない格子柄《こうしがら》は何かと重宝いたします」

すかさず古着を売り込む色男を六助は「我関せず」と眺めていた。

こいつが見世を手伝い出して、何だかんだで四月《よつき》が過ぎた。すぐに投げ出すかと思ったが、案外真面目《まじめ》にやっている。

勝手に押しかけてこられたときは、厄介なことになったと思った。互いに昔を知ればこそ、今さら深入りしたくなかった。

しかし、頻繁に顔を合わせていれば、嫌でも見えてくるものがある。金に汚い事情がわかり、憐《あわ》れむ気持ちすら湧《わ》いてきた。

今日だって自分ひとりなら、商売を休んでいただろう。こうして土手に立っているのは、千吉がいるからだと思ったとき、

「何をぼんやりしてんだよ。そこの客が見えねぇのか」

さりげなく耳打ちされて、六助は目をしばたたく。慌てて首を横に向ければ、冴えない男が見世先に並んでいる女物を見つめていた。

「お客さん、お相手はどんなお人です」

揉《も》み手をして声をかければ、客はたちまち赤くなる。こいつはずいぶん御しやすそうだと、六助はこっそりほくそ笑む。

「俺の知り合いが惚《ほ》れた娘と今夜祝言を挙げるんですがね。二人がくっついたきっかけは、うちの古着なんですぜ」

「そ、そうなのかい」

「へえ、大きな声じゃ言えやせんが、縁結びなら明神様《みようじん》よりはるかに御利益がありま

さぁ」

罰当たりな作り話で世慣れない客に古着を売り込む。そんなことをしているうちに、気短になったお天道様《てんとさま》が西の空へと傾き出した。

「千吉、後はよろしく頼まぁ」

「おい、祝言にはまだ早ぇだろう」

「その前に俺も支度をしねぇとな」

余一にあれこれ言った手前、こっちもだらしない姿は見せられない。涼しい顔で言い返したら、千吉が眉を撥ね上げた。

「鍋《なべ》や釜《かま》じゃあるめぇし。古着屋の親父を磨いたところで誰も喜ばねぇぞ」

「へっ、おきやがれ」

憎まれ口に背を向けて、六助は岩本町《いわもとちょう》の長屋へ戻った。

湯屋通いが楽しいのは、若い間の話である。

四十五を過ぎると、仕事を終えてからの湯屋通いが面倒くさくなってくる。特に夜風がひんやりしてくると、無精を決め込みたくなってしまう。何かとさびしい独り身は風邪《かぜ》をひくとあとが大変だ。

とはいえ、今日はそんなことを言っていられない。湯屋のざくろ口をくぐった六助が「冷えものでござい」と入っていくと、先客のひとりが顔を上げた。

「おや、誰かと思えば六さんか」

「そう言うおめぇは隣の飴《あめ》売りか」

同じ長屋の住人に湯屋で会うのはよくあることだ。飴売りは長くつかっているのか、顔を真っ赤に染めている。

意地っ張りな江戸っ子は総じて熱い湯を好む。うっかり「熱い」と言おうものなら、「こんななぁ、ひなた水よ」と馬鹿にされるのがわかっているため、みな痩《や》せ我慢をしてつかっている。

こいつぁ「年寄りの冷や水」ならぬ、「年寄りに江戸の湯」だな。

六助は肌に嚙みつく熱さに顔をしかめ、さっそく隣人をからかった。

「日暮れ前から湯につかっていられるなんて、いい身分じゃねぇか。飴売りはずいぶん儲《もう》かるらしい」

「てやんでぇ。今日は客がいねぇから、湯につかっているだけだ。子供相手の商いが儲かる訳ねぇだろう」

すでにのぼせているせいか、飴売りはやけに喧嘩腰《けんかごし》だ。六助は慌てて下手《したて》に出る。

「こりゃ、すまねぇ。おめぇんとこの倅《せがれ》が手習いに通っているくれぇだから、商売繁《はん》盛《じよう》かと思ってよ」

「ありゃあ、うちの子がずば抜けて出来がいいからさ。手習いの師匠も『これほど賢い子はめったにいない。将来が楽しみだ』と太鼓判を押してくれたぜ」

子供の話を振ったとたん、相手の赤い顔が明るくなる。話す声まで大きくなった。

「本人も『大人になったらたくさん稼いで、おっとうとおっかぁに楽をさせてやる』なんて、泣かせることを言いやがる。少し前まで、てめぇが泣くしか能のねぇ赤ん坊だったのによぉ」

「へえ、そりゃよかったな」

締め切った風呂《ふろ》の中は話し声がひときわ響く。迷惑そうなまなざしを感じ、六助は居心地が悪くなった。

「なぁ、もう少し」

小さな声で話しねぇ――と言う前に、飴売りは大声を張り上げた。

「やっぱり、子供は宝だよな」

他愛のない一言がいつになく六助の癇《かん》に障《さわ》った。

湯屋にはいろんな人がいる。どうしても子のできない夫婦や、病の子を抱えて金の苦労をしている父親、泣く泣く我が子を手放した母親だっているかもしれない。

何より、独り者のこの俺によくそんなことが言えたもんだ。とんびが鷹《たか》を産んだからって、あんまり調子に乗るんじゃねぇぞ。

顎《あご》の下まで込み上げた台詞《せりふ》を唾《つば》と一緒に呑《の》みくだす。

下手に騒ぎを起こしたら、この先出入りがしにくくなる。同じ町内でも面倒なのに、隣り町の湯屋通いなんてまっぴらごめんだ。

六助は息だけ吐き出して、こわばった顔を手で覆った。

「今日はのぼせるのが早いらしい。俺はもう上がるとするぜ」

「おい、もういいのかい」

驚いた様子の飴売りに構わず、六助はさっさと湯から出る。

身体《からだ》を洗っていないけれど、構うものか。手早く身支度を整えると、そそくさと湯屋を後にした。

しめった髪に風が吹き、文字通り頭が冷えていく。隣人の我が子自慢は毎度のことだ。今日に限って苛立《いらだ》ったのは、子煩悩《こぼんのう》な飴売りの姿に未来の余一を見たからか。

このところ、ひがみっぽくていけねぇな。

これじゃ千吉を笑えねぇぜ。

髪結い床で髷《まげ》を結い直してもらい、長屋に戻ってきものを着替える。売り物の中から一番いい紋付き羽織を拝借して櫓長屋へ足を向けた。

「余一、支度はできたか」

声をかけて腰高障子《こしだかしょうじ》を開けたところ、紺の金通し縞の袷に黒の羽織を着た余一が立っていた。背の高い男は腕も長い。そこらの黒羽織では裄《ゆき》が足りないはずだから、今日のために始末したのか。

見た目がいいとは思っていたが、身なりを整えただけでこれほど磨きがかかるとは思わなかった。ただし、浮かべる表情は相変わらずの仏頂面である。

てめぇの祝言なんだから、ちったぁうれしそうにしろ。腹の中で毒づくと、余一がやおら目を眇《すが》める。

「何だよ。そんなにおかしいか」

「花婿がそんな顔をしていたら、だるまやの親父に殴られるぞ。祝言を挙げたくないのかと勘繰られたらどうすんだ」

「悪かったな。おれはこういう顔しかできねぇんだよ」

困ったような声を聞き、六助は噴き出した。どうやら、緊張のあまり顔がこわばっているらしい。

「そう固くなるなって。ほら、花嫁がお待ちかねだぜ」

六助は励ますように花婿の羽織の背中を叩《たた》いた。

二

暮れ六ツ（午後六時）前と言えば、一膳飯屋だるまやがにぎわい始める頃合いである。

しかし、今日は表戸に「本日、休み〼《ます》」という貼《は》り紙があり、いつになく静まり返っている。

六助が勢いよく戸を開けると、店の中には黒羽織姿のだるまやの主人、清八が仁王のごとく立っていた。その厳めしい表情たるや、花婿の仏頂面に勝るとも劣らない。かわいい娘の祝言にその面つきはないだろう。いや、かわいい娘の門出だから、笑えないのかもしれねぇけどな。

六助はいつものように茶化すこともできなくて、すばやく腰をかがめた。

「えぇと、本日はお日柄もよく、まことにおめでとうございます」

続いて余一が「よろしくお願いしやす」と頭を下げると、父親の眉間《みけん》のしわがよりいっそう深くなった。

「お糸を泣かせやがったら、ただじゃおかねぇからな」

押し殺した低い声に余一が黙ってうなずく。舅《しゅうと》と婿の息詰まるやり取りに六助のほうがひやひやする。

「あの、お糸ちゃんは」

店の中をぐるりと見回し、可憐《かれん》な花嫁に救いを求める。清八は表情を緩めずに顎をしゃくった。

「上で支度をしている。じきに下りてくるだろう」

そう言い終わる前に階段を下りる音がして、お糸が姿を現した。

華やかな撫子《なでしこ》色の小袖《こそで》は縁起のいい宝尽くし、帯は余一が始末した黒繻子《くろじゅす》の地に紅白の糸巻き柄だ。いつもは化粧のけの字もない顔に薄化粧を施して、髪には見たことのない豪華な簪《かんざし》を挿《さ》している。

余一から「黒繻子の帯をお糸に贈った」と聞いたとき、どうして帯なのかと不思議に思った。仮にもきものの始末屋ならば、腕によりをかけて始末したきものを贈ってやればいいだろう。

すると、余一はそっけなく言ったのだ。

――豪華なきものほど、役に立たねぇものはねぇ。

古くなっても晴れ着は普段使いにできないから、せいぜい質草《しちぐさ》になるだけだ。帯のほうが何かと使い回しが利く――ともっともらしいことを言っていたが、きもののように身を包むより、帯のように縛りたいという本音が出たと睨《にら》んでいる。

それにしても、金にならねぇ始末にずいぶん手間暇をかけたもんだ。お糸ちゃんもさぞやびっくりしただろう。

見事な出来栄えの帯を見て、六助は忍び笑いをした。

「お糸ちゃんはいつもきれいだが、今日は飛び抜けてきれいだな。きものも帯もよくお似合いだ」

「当たり前だろう。お糸は俺の女房の若い頃にそっくりだからな」

娘が口を開く前に清八がえらそうにふんぞり返る。

これでは夫婦になってからも、婿の苦労は絶えないだろう。案じる六助の気持ちも知らず、お糸は余一に見惚《みと》れている。

念願がかなって惚れた男といよいよ祝言を挙げるのだ。夢見心地になるのはわかるけれど、少しは周りを見て欲しい。六助はわざと咳払《せきばら》いをした。

「これから余一とは長く一緒に暮らすんだ。あんまり見惚れていると、すぐに見飽きちまうぜ」

「あ、あたしはそんな」

お糸は顔を赤らめて首を左右に振る。清八が再び割り込んだ。

「もう料理の支度はできている。さっさと始めよう」

そして、祝言が始まった。

並んだ花嫁花婿は、どちらもケチのつけようのない美男美女の一対である。

この二人の子供なら、どっちに似てもかわいいだろう。

六助はそんなことを思いつつ、盃にゆっくり酒を注《つ》ぐ。余一とお糸は神妙な面持ちでそれを飲み干し、三々九度の盃は滞りなくすんだ。

さてこの次はと思ったとき、花嫁とその父が立ち上がる。そして、すぐに膳を抱えて戻ってきた。

「余一さんも六さんも遠慮しないで食べてちょうだい。おとっつぁんが腕によりをかけて作ってくれたの」

笑顔で差し出された膳には、鯛《たい》の塩焼きに卵焼き、菊なますに茄子《なす》の天ぷらも載っている。飯が栗飯《くりめし》なのは、お糸の好物だからだろうか。ひとり娘のしあわせを願う父親の気持ちが伝わってくる。

酒を猪口《ちょこ》に注いでみれば、前に店で飲んだものよりずっと色が薄かった。さては噂《うわさ》に聞く灘《なだ》の下り酒かと、思わず鼻をうごめかせる。

千吉がこの料理を見れば、歯嚙みして悔しがるだろう。貧乏人の祝言にこんなごちそうは出てこない。六助は上機嫌で箸《はし》をつけ、「うまい」と声を上げる。やや して、周りを見回して——ごくりと唾を吞み込んだ。

お糸は余一と結ばれた喜びで胸が一杯なのか、箸も取らずに亭主の横顔を見つめている。余一は料理を食べているが、最初《はな》と変わらず仏頂面だ。二人を見守る清八はいよいよ不機嫌丸出しである。

ただひとり招かれた客として、また余一の昔馴染みとしてこの場を何とかしてやりたい。だが、いい思案が浮かばない。

お糸ちゃん、頼むからおとっつぁんのことも気にしてくれ。

余一もごちそうになってんだから、もっとうまそうな顔で食え。親父さんはおめぇのことを歓迎している訳じゃねぇんだ。愛想のひとつも言えないようじゃ、立派な婿になれねぇぞ。

腹の中で念じても二人の態度は変わらない。意を決した六助は作り笑いを浮かべて徳利《とくり》を取った。

「それにしてもめでてぇなぁ。親父さんもひとつどうだい」

「いや、俺はいい」

身を乗り出して勧めたが、ぶっきらぼうに断られる。

そのやり取りを目にしても、余一とお糸は動かない。六助は頰を引きつらせ、再び清八に話しかける。

「この鯛の塩加減が絶妙だな」

「そうかい」

「お糸ちゃんだってそう思うだろう。なあ、お糸ちゃん」

大きな声で二度呼ぶと、お糸がはっとしたように目をしばたたく。それから父親を見て微笑んだ。

「どれもおいしいでしょう。うちのおとっつぁんは腕がいいから」

「と言うわりに、お糸ちゃんは手をつけていねぇみたいだが」

かわいい娘のためにこしらえたのに、当の本人は手をつけていない。

余一への風当たりを弱めるためにも、早く箸を取ってくれ。六助が目で訴えると、お糸は恥ずかしそうにうつむいてしまう。

「まだお腹《なか》が空いてないから」

「そう言わずに。ほら、冷めねぇうちに」

もう一度勧めると、お糸はようやく箸を取る。しかし、隣の余一が気になるのか、食べ方がやけに気取っている。

ここはもっとおいしそうにがっついて食べるところだろう。夫婦になったら朝晩一緒に飯を食うんだ。猫をかぶっても仕方がねぇぞ。

六助がやきもきしていると、横から余一が口を出した。

「多かったら、おれが食う」

女に対して気が利かない余一にすれば、かわいい嫁に助け船を出したつもりだろう。だが、清八にしてみれば、「おまえのために作ったんじゃねぇ」と思っているに決まっている。

果たしてここで何と言えば、清八の機嫌は直るのか。追い詰められた六助は苦し紛れを口にした。

「こ、ここで食べきっちまうより、持って帰ったほうがいいんじゃねぇか。親父さんもそう思うだろう」

「そうだな。重箱に詰めてやるから、持って行け」

「ええ、おとっつぁん。ありがとう」

娘のうれしそうな笑顔を見て、ようやく清八の額に浮かんでいた青筋が消える。六助はぎこちなく卵焼きを口に運んだ。

これほど気疲れするのなら、あぶったするめのほうがよかった。六助は砂を嚙むような気持ちで豪華な料理を片づけた。

三

翌日も江戸の空は晴れていた。

土手で客を待つ間、祝言の様子を聞いた千吉は腹を抱えて大笑いする。

「そいつぁ、災難だったな。俺がその場にいたら、余一の悪口を言って盛り上げてやったのに」

「……とにかく、祝言は無事に終わった。おめぇは余一とお糸ちゃんに余計なちょっかいを出すんじゃねぇぞ」

六助は顔をしかめ、笑い続ける相手に釘《くぎ》を刺す。

初めはぎこちなくたって、心底惚れ合っている二人である。余計な邪魔が入らなければ、うまくいくに決まっている。六助が肩の荷を下ろした気分でいると、笑いを収めた千吉がなぜか耳元でささやいた。

「六さんは何もわかっちゃいねぇ。大変なのはこれからだぜ」

「どういう意味だ」

「きもののことしか知らねぇ余一に、並みの女が満足するような亭主が務まると思っているのかよ」

親を知らずに育った余一はあるべき夫婦の姿も知らない。さかしらな言葉にぎくりとして、強い調子で言い返す。

「お糸ちゃんは何もかも承知の上で、一緒になると決めたんだ。おめぇの心配は的外れだぜ」

余一の悲惨な生い立ちを知っても、怯《ひる》まなかった娘のことだ。亭主としていたらないところがあろうと、愛想を尽かすことはないだろう。

「頭でわかっていることと、実のところは違うって。惚れていればいるほど、『こんなはずじゃなかった』って思うはずだ」

「ふん、女房をもらったこともねぇのに、知ったふうな口を利きやがる」

「もらったことはなくたって、寝取ったことなら山ほどあらぁ」

うそぶく元色事師の胸ぐらを六助が摑《つか》む。冗談だとわかっていても、聞き流すことはできなかった。

「お糸ちゃんに手を出したら、この俺が許さねぇぞ」

こちらの剣幕に驚いたのか、千吉は「そんなことはしねぇ」と約束する。六助が手を離すと、すぐにきものの衿《えり》を直した。

「俺は余一のことを心配して言ってんだぜ。女は勝手に夢を見て、男に愛想を尽かす生き物だからな」

「おめぇの誘いに乗るような尻軽《しりがる》と、お糸ちゃんを一緒にするな」

歯を剝《む》きだして一喝すれば、ようやく千吉が口をつぐんだ。

しかし、元色事師はそのあとも「余一とお糸はうまくいかない」と言い続け――ひと月あまりが過ぎた十月十二日の昼下がり、六助がぼんやり客を待っていると、千吉がいつものように話しかけてきた。

「なあ、六さん。余一から何か聞いてねぇか」

「お糸ちゃんと別れるって話なら、これっぽっちも聞いてねぇぞ」

何があったか知らないが、このところ千吉は機嫌が悪い。先回りして答えれば、

「早合点するなって」と色男は苦笑する。

「俺が聞いてんのは、余一の夫婦仲じゃねぇ。西海天女《さいかいてんにょ》の身請けが決まったことにつ

いてだよ」

吉原《よしわら》一の人気を誇る西海屋の唐橋《からはし》が深川《ふかがわ》の材木商、紀州屋重兵衛《きしゅうやじゅうべえ》に身請けされる話なら、六助も二、三日前に小耳に挟んだ。

とはいえ、唐橋の身請けについてどうして余一に聞こうとするのか。訝《いぶか》しく思ったとたん、千吉が理由《わけ》を口にした。

「余一は唐橋のきものの始末も引き受けていたじゃねぇか。他のやつらが知らないことも聞いているかと思ってさ」

噂好きの千吉の目はいつになく輝いている。六助は呆れて手を振った。

「余一は女房をもらったばかりだぜ。他の女のことなんざ、耳にも目にも入らねぇ」

「何だよ。使えねぇな」

不満げに口を尖らせられて、つい「何が知りたかったんだ」と尋ねてしまう。相手は「身請け金さ」と肩をすくめた。

「千両箱をいくつ積めば吉原一の花魁《おいらん》をてめぇのもんにできるのかって、世間じゃ大騒ぎになってんだ。六さんはいくらだと思う」

花魁の身請け金は千両が相場だと聞いた覚えがある。吉原一の花魁で「西海天女」の異名を持つ唐橋はそれ以上だろう。

「そうさな。相場の倍の二千両ってとこじゃねぇか」

「俺はもっと積んだと見るね。『焼け太りの重兵衛』が惚れた女に貢ぐんだ。金に糸目はつけねぇだろう」

「へえ、おめぇが紀州屋に肩入れしているとは知らなかった」

紀州屋重兵衛と言えば、一代で指折りの材木商になり上がった男である。江戸で大火が起こるたびに高値で材木を売りさばき、目を瞠《みは》る速さで身代を大きくした。そのため、「人の不幸に付け込んで金を儲けた」とか「他人の火事で焼け太った」と罵る者も多い。

そんな悪名高い男が吉原一の花魁をまんまと手に入れるのだ。六助に限らず、面白くない江戸っ子は大勢いるに違いない。

ところが、千吉は不思議そうに聞き返す。

「あれ、六さんは焼け太りが嫌いかよ」

「火事で儲ける商人なんて、贔屓《ひいき》にするほうがどうかしてらぁ」

「材木商はみな大火で儲けているじゃねぇか。紀州屋が火をつけた訳じゃなし、そこだけ目の敵にするのはおかしいだろう」

「理屈はそうかもしれねぇが」

「紀州屋は己の才覚と身体ひとつで、吉原一の花魁を身請けできる大身代を築いたんだ。貧乏人でも成り上がれるっていう、ありがてぇ生きた手本じゃねぇか。悪《あ》しざまに言ったら罰が当たるぜ」

なるほど、そういう見方もあるか。納得はしないが理解はしたとき、千吉が悔しそうに顔を歪めた。

「俺も女だったら、唐橋の向こうを張って千両箱を積ませられたのに」

身請けをする紀州屋より、身請けされる花魁と張り合うところが千吉らしい。いい加減に売れっ子陰間《かげま》の頃の栄華は忘れてしまえばいいものを。

困ったもんだと目をそらしたとき、井筒屋江戸店《えどだな》の主人、愁介が近づいてくるのに気が付いた。

前にここへ来てから二月《ふたつき》近くが経《た》っている。

今度はいったい何の用だ。身構える六助に愁介が笑いかける。

「今日はええお日和《ひより》で。商売の具合はいかがどすか」

無言で睨《にら》まれているにもかかわらず、相手はいたって愛想がいい。六助が返事を返さずにいたら、愁介はわざとらしく身震いした。

「十月になると、川風が冷とうおすな。こないなところに毎日いたら、風邪をひくのと違いますか」

冬場の川風は冷たいけれど、今はまだ序の口だ。相手の狙《ねら》いを見定めるべく、余一によく似た顔を見つめる。

「昨日今日始めた商売じゃねぇ。慣れているから、大丈夫でさ」

「せやけど、人は年を取ります。去年平気だったことが、今年になって身体にこたえることもありますやろ」

「無用な心配だ。俺は誰かさんのおかげで、楽に稼いでいるんでね」

八月に会ったとき、六助はこの男から「余一さんの始末したきもので楽に儲けてぃはる」と言われたのだ。嫌みたらしく当てこすっても、愁介は表情を崩さない。

「手前はおまはんに話があって、わざわざ足を運んだんどす。そない喧嘩腰にならんといておくれやす」

「俺は来てくれなんて頼んじゃいねぇし、先に喧嘩を売ったのはそっちだろう。勝手なことを言うんじゃねぇ」

愁介は腹違いの兄とは知らないまま、余一に仕事をさせようとした。それを断られた腹いせに六助を非難したのである。

――身寄りのいない余一さんのさびしさに付け込んで……おまはんがおらなんだら、

この人はとっくに名の通った職人になっとったはず。長い付き合いを笠《かさ》に着て、いつまでこのお人にたかる気どすか。

二月前に言われたときは、相手の言葉が胸に刺さった。

だが、余一から身寄りを奪ったのは、京の井筒屋の主人である。その倅の愁介に文句を言われる筋合いはない。

相手の返事を待っていると、愁介は見世先にある藍染《あいぞ》めの絣《かすり》に手を伸ばした。

「おや、これは余一さんが始末しはったもののようや」

ひと目で言い当てられてしまい、六助は内心ぎょっとする。見世で扱う古着のすべてを余一が始末している訳ではない。高価なものならいざ知らず、どうしてすぐにわかったのか。

こらえきれずに「なぜそう思う」と尋ねれば、「何となく」と返される。六助はきものの下で鳥肌を立てた。

余一も死んだ親方も井筒屋に関《かか》わることなんて、これっぽっちも望んじゃいない。どうして今さらうろうろしやがる。

口にできない苛立ちが腹の底から湧き上がる。黙り込んだ六助を見て、愁介は絣から手を離した。

「実は、余一さんに関わる大事な話がありますのや。明日の昼八ツ（午後二時）に店まで来てくんなはれ」

「あいにく、こっちに話はねぇ」

「そうおっしゃらんと。余一さんも女房をもらわはったし、六助さんかて今後のことを考える頃合いと違いますか」

「よけぇなお世話だ」

「六助さんにとっても悪い話ではないはずどす。ほな、待ってますさかい」

どこまでも愛想よくしめくくり、愁介は帰っていった。

「思わせぶりなことばかり言いやがって。六さん、明日は行かねぇほうがいいぜ」

相手の背中がすっかり見えなくなってから、千吉が舌打ちして吐き捨てる。六助はあいまいにうなずいた。

余一は「井筒屋の仕事はしない」とはっきり断っている。京の老舗の江戸店が土手の古着屋に何の用だ。

まさか、余一が腹違いの兄だと気付いたのか。

いや、それなら本人に言うはずだ。

赤の他人に言うことじゃねぇ。

ろくでもない想像だけが次から次へと浮かんできて、六助は知らずこぶしを握った。

翌日は朝から雨が降った。

六助がそれに気付いたのは、雨音が聞こえたからではない。隣の飴売りのかみさんの大声が聞こえたからだ。

「いいかい、傘をどこかに置き忘れたり、ぬかるみで転んできものを汚したりしたら、承知しないよ」

「何べんも言わなくたって、わかってらぁ」

怒ったような声のあと、隣の腰高障子が乱暴に閉まる音がした。

今日の空模様と同じく孝行息子の機嫌も悪いらしい。六助はゆっくり起き上がると、障子を開けて表を見る。

雨脚は弱いものの、空は重苦しい雲に覆われている。この分では一日中雨が続くだろう。床見世の古着商いは控えたほうがよさそうだ。

子供が外で遊んでなけりゃ、飴売りも商いにならないしな。かみさんが「傘を忘れるな」と口やかましく言うはずだぜ。

蛇の目傘を新たに買おうとすれば、八百文はかかる。それに綿入れは単衣のきものと違い、手軽に洗うことができない。転ばぬ先の杖《つえ》とばかりに、母親はあれこれ言いたくなるのだろう。

一方、子供はしつこく言われることを嫌う。挙句、親に逆らって思いがけないしくじりをする。六助だって「だから、気を付けろと言ったじゃないか」と、親に何度叱《しか》られたことか。

思えば、あの頃が一番しあわせだった。飴売りの倅ではないけれど、将来は人並み以上に稼いで親孝行をしようなんて思っていた。

それがこんなことになっているのだから、人生はとかくままならない。いや、悪事を働いていたときに比べれば、今のほうがまだましか。六助は知らずため息をつき、これからのことを考える。

「……今日の八ツに井筒屋か」

これっぽっちも行きたくないが、放っておくのも恐ろしい。六助は昼飯を食べてから、傘をさして長屋を出た。

井筒屋の暖簾《のれん》をくぐれば、店の中は空いていた。いくら天気が悪いとはいえ、これはどういうことだろう。

江戸で商いを始めたばかりの頃は客であふれかえっていた。一年も経たずにこの有様では老舗の名が泣くってもんだ。

冷ややかな目で見回していたら、手代がそばに寄ってくる。「何をお探しで」と尋ねる目つきは明らかにこっちを見下していた。

俺の身なりを見て、客を装った雨宿りと踏んだのか。まったく主人も奉公人もなっちゃいねぇぜ。

六助は仏頂面のまま、あえて大きな声で言った。

「俺は柳原の土手で古着屋をしている六助ってんだ。ここの旦那《だんな》が折り入って話があるっていうから来てやったんだぜ」

柳原で扱う古着は古着の中でも安物である。手代はたちまち顔色を変え、店先から追い払うように母屋の座敷へ通された。

火鉢が用意された座敷の中はほんのりと温かい。やや して現れた愁介は見るからに値の張りそうな真新しい紬《つむぎ》を身に着けていた。

余一は擦り切れた木綿《もめん》袢纏《ばんてん》姿できものの始末をしているのに、弟は絹のきものを着て火鉢にあたっているって訳か。

本当なら、先に生まれた余一が井筒屋を継いでもおかしくない。詮無《せんな》いことだとわかっていても、つい二人を比べてしまう。

六助は思い切り眉をひそめ、再び大きな声を張る。

「土手の古着屋は大勢奉公人を抱えている大店と違って忙しいんだ。話があるなら、さっさとしてくれ」

「そない大声を出さはったら、奉公人どころか、店の客にも聞こえます。手前はそれでもよろしゅおすけど、六助さんたちは困らはるんと違いますか」

年のわりに食えない相手は穏やかな口調で言い返す。どこまでも思わせぶりな口ぶりに六助は苛立った。

「六助さんたちってなぁ、どういうこった。俺の他に誰がどう困るのか、もったいぶらずに言いやがれ」

「余一さんの住んではるところにお邪魔したとき、思いの外、立派な長屋で驚きましたんや。いくら腕がよくても、安もんの古着の始末で二階建ての店賃《たなちん》はよう払えまへんやろ」

櫓長屋のことを口にされて、六助の胸は大きく跳ねる。この男は何をどこまで摑んでいるのか。

「いろいろ手を尽くして長屋の本当の持ち主を探しまして……この間、ようやく会うことができました」

「なっ」

櫓長屋の持ち主は裏の仕事の顔役である。堅気の商人がたやすく会える人ではない。驚きのあまり目を剝くと、相手はすました顔で答える。

「老舗の看板は裏にも表にも利くもんどす。余一さんは子供の頃からあの長屋に住んではったそうどすなぁ。最初は親方と呼ばれるお人と一緒やったとか」

「……誰だって最初は子供だ。別におかしなことじゃねぇ」

「その親方は京から下ってきた職人で、余一さんを育てるために盗品の始末をしてはったとうかがいました」

口から出まかせのはったりかと思いきや、もはや疑う余地はない。言葉をなくす六助に愁介は追い打ちをかける。

「六助さんはその頃からのお知り合いやとうかがいました。何でも古着屋にならはったのは、盗品を売りさばくためだとか」

調子に乗ってしゃべり続ける相手のそばで、六助は忙《せわ》しなく頭を働かせる。

櫓長屋の持ち主は余一の親方に義理があった。だからこそ、親方が死んでからも安い店賃で余一に貸し、盗品の始末を強要したりしなかった。どれほどの金と引き換えに、顔役は昔の義理を売ったのか。

だが、顔役が絡んでいればこそ、奉行所沙汰にはできないだろう。そう思い至って安堵《あんど》しかけたとき、いきなり愁介が話を変える。

「そういえば、お糸さんはべっぴんさんどすなぁ。大店の跡継ぎを袖にして、余一さんと一緒にならはったそうで」

「どうしてそれを」

「調べれば、すぐにわかることどす。だるまやの看板娘は有名や」

にっこり笑って教えられ、胸の鼓動が大きくなる。

今の今まで忘れていたが、余一はお糸を連れて井筒屋に乗り込んだことがある。ひょっとしたら、その頃から目を付けられていたのだろうか。

「お糸さんは今住んではる長屋が誰のもんか、知ってはるんどすか」

口では一応尋ねていても、その目は「知らないだろう」と告げている。二の句を継げない六助を見て、愁介の笑みが深まった。

「江戸の料理は苦手やけど、だるまやはうまくて安いと聞きました。近いうちにいっぺん行ってみるのもええかもしれん」

「何だとっ」

「そのとき、うっかり余計なことをしゃべってもうたら、堪忍《かんにん》どすえ」

「やめろっ。余一は俺や親方とは違うんだ」

親方は余一を育てるために盗品のきものの始末をし、六助は生きるために盗品のきものを売りさばいた。

だが、親方の弟子である余一の手は汚れていない。お糸と一緒になってこれからしあわせになるところなのに、半分とはいえ血のつながった弟が台無しにする気か。

血相を変えた六助に愁介は平然と言い放った。

「余一さんは親方が亡くなってからも櫓長屋に住み続けてはる。裏稼業と関わりがないと言わはるのなら、さっさと出ていかはればええ」

狭い長屋に引っ越せば、今までのようにきものの始末ができなくなる。それを承知で言う相手に腹の底から怒りが湧いた。

本来なら、余一はおめぇの兄として井筒屋で育つはずだった。あいつと関わりがないと言えないのは、おめぇの父親のほうじゃねぇか――そう面と向かって罵ってやれたら、どれだけ胸がすくだろう。

だが、それを言ったら親方の遺言に背いてしまう。歯ぎしりしてこらえていると、余一とよく似た顔が笑った。

「ただし、六助さんが力を貸してくれはるのなら、だるまやには行かしまへん。昔のことは手前の胸に納めておきます」

さんざん人を脅しておいて笑顔で頼みを口にする。どうせろくなことではないだろうと、六助はいよいよ身構えた。

「俺に何をしろってんだ」

「西海天女が身請けされるという話は知ってはりますか」

「ああ」

「身請けするのが、材木商の紀州屋ということも？」

それがどうしたと思いつつ、六助は顎を引く。愁介は満足そうに膝《ひざ》を打った。

「それやったら、話が早い。唐橋が最後の道中で着る打掛《うちかけ》がどんなものか、手前に教えて欲しいんどす」

聞けば、焼け太りの重兵衛は西海天女に惚れ込んでおり、最後の花魁道中は「のちの世まで語り草になるようなものにしたい」と意気込んでいるという。そのために櫛《くし》簪はもちろん、高下駄にいたるまで特別なものを誂《あつら》えるとか。

そして、目玉となる打掛を通町《とおりちょう》の呉服太物《ごふくふともの》問屋、大隅屋に頼んだそうだ。

「身請けは年明けのことやのに、すでに江戸中の評判になってます。大隅屋さんにとっては何よりの宣伝になりますやろ」

「だったら、大隅屋の手代を抱き込めばいい。土手の古着屋に通町の大店を探らせるのはお門違いだ」

大隅屋の若旦那とは顔見知りだが、別に親しい訳ではない。そっぽを向いてうそぶいても、相手はまるで動じない。

「あの若旦那のことや。必ず余一さんにどないな打掛にするか相談しはる。それがわかっているから、六助さんにお願いしてますのや」

「とんだ見込み違いだぜ。余一がそんなことに手を貸すもんか」

汚れた打掛の始末はしても、これから誂えるものには興味がない。それがきものの始末屋だと、六助は鼻でせせら笑う。

「そもそもやつは金持ちが嫌いなんだ。どんなに頭を下げられたって、己の筋を曲げるもんか」

「いいえ、大隅屋の若旦那が泣き付かはれば、きっと手を貸さはります」

やけにきっぱり断言されて、六助の胸に不安が芽生えた。

愁介は余一のことなんてろくに知らないはずである。にもかかわらず、たくさんの古着の中から余一が始末したきものをひと目で見分けた。

半分とはいえ血のつながった弟は兄の気持ちもわかるというのか。いや、そんなはずはないと六助はむきになる。

「大隅屋の足を引っ張りたいなら、他にもやり方があるだろう。唐橋の打掛を探って、どうしようってんだ」

「おまはんは余計なことを考えんと、余一さんから唐橋の打掛について聞き出せばええんどす」

「おめぇもしつこいな。余一は大隅屋に手を貸さねぇって言ってんだろうっ」

「打掛の大まかな下絵を持ち出してくれはったら、五十両払います。それなら六助さんかて文句はないはずや」

こちらの言葉にかぶせるように、愁介が尋常ではない金額を口にする。六助は目を丸くして余一によく似た顔を見つめ返す。

「どうして、そこまで」

「それだけあれば、六助さんかてこの先ずっと遊んで暮らせますやろ。寒い川風に吹かれながら、働かんでもようなります」

親切ごかしの言葉を真に受けるほど馬鹿ではない。それでも、その金があれば――と思わずにはいられなかった。

この話を断れば、愁介はすぐにだるまやへ行く。そして、お糸に自分や余一の親方の昔の悪事と櫓長屋の持ち主について伝えるだろう。唐橋の打掛がどんなものかさえわかったら、余一とお糸はしあわせなまま、自分には金が手に入るのか。

「唐橋の打掛に手を貸したところで、余一さんの名は恐らく出ぇへん。下絵を手前に渡したって迷惑をこうむるのは大隅屋さんだけ。六助さんの大事な昔馴染みを裏切ることにはなりまへん」

「…………」

「年を取っての貧乏はつらいと聞きます。一生に一度の儲け話を無駄にしたら、それこそもったいないんと違いますか」

「……少し考えさせてくれ」

六助はそう言うことしかできなかった。

四

雨は夜のうちにやみ、翌十四日は朝から晴れた。

しかし、頭の中は愁介に言われたことで一杯だ。土手もぬかるんでいるだろうし、今日の商いは休むとするか。

六助が長屋でふて寝を決め込んでいたら、九ツ（正午）前に千吉がやってきた。

「ずいぶんといいご身分だな」

「余一のおかげで楽に儲けているんでね」

自嘲《じちょう》を込めて口にすれば、察するものがあったらしい。千吉が眉を撥ね上げた。

「昨日、井筒屋に行ったんだな。いったい何を言われたんだ」

「別にたいしたこっちゃねぇ」

入口に背を向けて再びごろりと横になると、面白くなさそうな声がした。

「何でぇ、俺だけのけ者かよ。六さんが教えてくれねぇのなら、井筒屋に行って聞いてこようか。六さんが盗品を売っていたことを知っているかって言やぁ、教えてくれるんじゃねぇかなぁ」

聞き捨てならないことを言われて、六助は跳ね起きる。そして腰高障子に手をかけた背中を呼び止めた。

「おい、そんなことをしたら許さねぇぞ」

「それが嫌なら、さっさと教えな。人間、正直が一番だぜ」

根性のひねくれまくったおめぇにだけは言われたくねぇ――六助はそう言おうとし

たが、千吉の目はいつになく真剣だ。ごまかしは通用しそうもないと観念して、ためらいがちに口を開く。

「唐橋花魁が最後の道中で着る打掛がどんなものか、調べてこいと言われたんだ」

「どうして六さんにそんなことを頼むのさ。てっきり、余一絡みの話だとばかり思っていたのに」

驚く千吉に六助は苦笑する。目の前の男だって余一が新しい打掛に手を貸すとは思っていない。

「花魁の打掛は大隅屋が誂えることになったらしい。あそこの若旦那に泣き付かれたら、余一は必ず手を貸すと井筒屋は思っているようだ」

「おい、余一は金持ちが嫌いじゃなかったか？　いつからあそこの若旦那とそんなに親しくなったんだ」

「そんなもん俺だって知らねぇよ」

大隅屋の跡取りである綾太郎《あやたろう》は余一に古い打掛の始末をさせたり、見つかるはずもない梅の柄の振袖を探させたりと、最初は嫌がらせばかりしていた。許嫁《いいなずけ》のある身でお糸にちょっかいを出し、余一を怒らせたこともある。

だが、そういう付き合いを経て、綾太郎は心を入れ替えたらしい。余一も若旦那を見直したようだが、己の信念を曲げてまで手助けするとは考えづらい。

「井筒屋は商売敵《しようばいがたき》を出し抜いて、花魁の打掛を誂えようってのか」

「俺もそれが狙いかと思ったが、打掛の柄がわかったところで何ができる。もっとすごい打掛を勝手に仕立てて、唐橋にくれてやろうってのか」

高位の花魁が着る打掛は恐ろしく金がかかる。いくら店の宣伝になるとはいえ、タダでやるとは思えない。

六助が異を唱えると、千吉が腕を組んで考え込む。

「そうだよな。井筒屋はそれでなくても左前だって噂なのに」

「おい、それは本当か」

「ああ。店を開くとき、何かと派手にやらかしただろう。そいつがすべて裏目に出ちまったみてぇだな」

色鮮やかな引き札を撒《ま》き、絹のしごきをタダで配る。そのおかげで井筒屋の名は江戸中に知れ渡ったものの、元が取れなかったということか。

「道理で、客が少ねぇと思ったんだ」

「呉服屋は金持ち相手の商売だが、金持ちほど金払いが悪い。特に井筒屋は大名、旗本に取り入っていたから、踏み倒されたら泣き寝入りだ」

「なるほどな。ところで、おめぇは井筒屋についてやけに詳しいじゃねぇか。いつの間にそこまで調べたんだ」

不思議に思って尋ねれば、相手は落ち着かない様子で目をそらした。

「ちょっと、気になることがあったからさ。それで、六さんはどうするんだ。井筒屋の話に乗るつもりか」

乗りたくはないけれど、こっちは弱みを握られている。だが、それを教える訳にはいかない。六助は早口に吐き捨てた。

「そんなもなぁ、断るに決まってる。余一が新しいきものに手を貸すもんか」

「だったら、余一が手を貸したときは井筒屋の話に乗るのかよ」

愁介に「少し考えさせてくれ」と言ったのは、だるまやに行かせないための時間稼ぎだ。綾太郎に頼まれたとしても、余一が手を貸すはずはない。

だが、もしも手を貸したら……。

「ふん、馬鹿なことを言うんじゃねぇ」

その先を考えたくなくて、六助はまたごろりと横になった。

千吉が出ていってから、どのくらい時が経っただろうか。腹が減った六助はどっこいしょと身を起こした。

一瞬、だるまやに行こうかと思ったが、祝言で見た清八の顔が頭をよぎる。さわらぬ神にたたりなしと、近所の蕎麦屋《そばや》の暖簾をくぐった。

「唐橋の錦絵は今度のやつで最後だって話だぜ」

「だったら、早く買わねぇと」

「あの艶姿《あですがた》が見納めだなんて、もったいねぇ話だ」

蕎麦をすすっているそばで、日雇いらしき男たちが大きな声で話している。六助はさりげなく聞き耳を立てた。

「まったくだ。五十過ぎの焼け太りに囲われるより、いろんな客にちやほやされていたほうがいい思いができるだろうに」

「でも、近頃は扇屋《おうぎや》の紫扇《しせん》もたいそうな人気だっていうじゃねぇか。ここらで身を引いたほうがいいのかもしれねぇぜ」

「そうだな。西海屋には若い紅鶴《べにづる》花魁もいる。落ち目になって恥をさらす前に大門《おおもん》を出ようってことだろう」

吉原の大見世には縁のなさそうな三人組がしたり顔でうなずき合う。

日雇いの男たちが声高に語るほど、唐橋の身請け話は世間の耳目を集めている。大隅屋にとって唐橋が最後に着る打掛はしくじることのできない大仕事だ。

ゆえに、井筒屋は商売敵を追い落とす好機と見たはずだが、打掛の大まかな下絵を手に入れてどうしようというのだろう。

六助は胸騒ぎを覚えつつ、七ツ（午後四時）過ぎに櫓長屋を訪ねた。仕事の邪魔をしたせいか、余一は今日も不機嫌である。

「とっつぁん、急に何の用だ」

「いや、まあ、その」

「きものに火熨斗《ひのし》をかけようとして、霧を吹いたとこなんだ。用なら早く言ってくれ」

霧が乾いてしまったら、また吹けばいい。火熨斗が熱くなりすぎたら、少し冷ませばいいだけだ。いつもと違う相手の態度に六助は目を丸くした。

「何でぇ、いらいらしやがって。お糸ちゃんと何かあったのか」

「うるせぇな。何もねぇって」

殺気立った目で睨まれて、図星だったことを知る。

二人が一緒になってひと月半、六助は櫓長屋に近寄らなかった。邪魔をするまいという気遣いが裏目に出てしまったか。

「赤の他人がひとつ屋根の下で暮らしていれば、揉めることだってあるだろうさ。今夜は晩酌でもやりながら、二人でじっくり話し合え」

女房をもらったことはなくても、余一より女の扱いは知っている。上り框《がまち》に腰を下ろし、六助はしたり顔で説教する。

やや して余一は隣に座り、明後日《あさって》のほうを見て言った。

「あいにく、そんな暇はねぇ」

「どうしてだよ」

まさか、晩酌の時間も惜しんでがっついているんじゃあるめぇな。よぎった下世話な考えを六助はすぐに振り払う。

千吉じゃあるめぇし、余一がそんなことするもんか。こいつはお糸ちゃんに無理をさせるくらいなら、てめぇがこらえる性分だ。

だったら、どうして「暇はねぇ」のか。

六助は嫌な予感がした。

「そういや、お糸ちゃんはだるまやの手伝いをしているんだよな。いつも何刻《なんどき》に帰ってくるんだ」

「早いときで、木戸の閉まる少し前だ。女のひとり歩きは物騒だから、おれが毎晩迎えに行っている」

つまり、お糸は夜の四ツ（午後十時）近くまで帰ってこないということか。それでは晩酌どころか、晩飯も一緒に摂《と》れないだろう。

嫁入り前と同じように店を手伝うと言ったたって限度がある。呆れ返って理由《わけ》を聞けば、余一は渋々話し始めた。

お糸は最初、日が暮れてからの手伝いは他人に任せるつもりだった。清八も承知していたが、あいにく店の客たちがそれを許してくれなかった。手伝いの女を悪しざまに罵り、初日に追い出してしまったらしい。

――余一さん、ごめんなさい。祝言を挙げた次の日からこんなことになって。

祝言の翌日、迎えに行った余一の前でお糸はうなだれた。見かねた余一は自分から「夜も手伝ってやれ」と言い出したという。

「最初に『店の手伝いを続けろ』と言ったのはおれだ。朝飯は一緒に食ってるし、夜になれば帰ってくる」

「馬鹿言ってんじゃねぇ。夫婦ってなぁ、子づくりだけしてりゃいいってもんじゃねぇんだぞ。一緒に飯を食って、ちゃんと話して、二人で所帯を築くんだ。お糸ちゃんだって心ん中じゃ、おめぇともっと一緒にいてぇと思ってるぜ」

「だが、お糸が手伝いをやめれば、親父さんが困るだろう。そうなりゃ、お糸だってつらくなる」

もっともな言い分に六助は返す言葉に詰まる。しかし、今の暮らしを続けていいはずがない。

「おめぇたちは夫婦なんだ。そこまで舅に遠慮しなくてもいいだろう」

ただでさえ、お糸と余一はすれ違いが長かった。夫婦になってからもすれ違っていたら、うまくいくとは思えない。歯を剝きだして憤ると、余一はなぜか苦笑した。

「とっつぁんの言い分はもっともだが、おれは少しほっとしてんだ」

「どうして」

「お糸とずっと一緒にいると、ぼろが出そうで怖いのよ」

首に手を当て自嘲するさまを見て、六助は千吉の言葉を思い出した。

――きもののことしか知らねぇ余一に、並みの女が満足するような亭主が務まると思っているのかよ。

余一も千吉も何もわかっちゃいねぇ。

お糸ちゃんは惚れた男のすべてを受け止めようと、とっくに腹をくってんだ。でなきゃ、玉の輿《こし》を捨ててまで余一の嫁になるもんか。

六助はそう言おうとして土壇場で思いとどまる。夫婦になった二人にいつまで口を出すつもりか。

夫婦喧嘩は犬も食わぬと、世間の人も言っている。俺もそろそろ手を引く頃合いだろう。

「ぼろが出たっていいじゃねぇか。おめぇはきものの始末屋だろう。ぼろが出たら、そのつど始末すりゃあいい」

我ながらうまくまとめたと思ったのに、目をつり上げて睨まれた。

「とっつぁん、茶化さねぇでくれ」

「茶化してねぇって。そんなに心配しなくても、お糸ちゃんは大丈夫だ。たやすく愛想を尽かしたりするもんか」

笑って背を叩いたら、余一は不満そうに鼻を鳴らす。

「他人事《ひとごと》だと思って」

「ふん、独り身の俺に夫婦の愚痴やのろけを聞かせるほうが間違ってらぁ」

「何だよ。とっつぁんが話せと言ったんだろう」

余一は怒ったように言い、ふと表情を改めた。

「そういや、とっつぁんの用事は何なんだ。おれとお糸のことを聞きに来た訳じゃねえんだろう」

　思い出したように尋ねられ、六助の胸が音を立てる。口にするのは恐ろしかったが、腹をくくって切り出した。

「なぁ、大隅屋の若旦那から何か頼まれたか？」

「唐橋花魁の打掛のことだったら、その場で断ったぜ」

　こちらからあれこれ言う前に、勘のいい余一があっさり答える。六助はすかさず念を押した。

「はっきり断ったんだな」

「ああ。おれはきものの始末屋で、新しく誂えるもんに興味はねぇ。とっつぁんだってよく知っているはずだ」

　やけにしつこいと思ったのか、余一は片眉を撥ね上げる。思った通りの答えなのに、六助はさらに聞かずにいられなかった。

「だが、大隅屋の若旦那の頼みだろう」

「あの若旦那は嫌いじゃねぇし、成り行きで手を貸したことはある。だが、今度ばかりは関わる気はねぇ」

　迷いのない言葉を聞き、六助はじわじわうれしくなる。

やっぱり、余一のことは誰より自分がよく知っている。安堵の息を吐いたとき、今度は余一が聞いてきた。

「ところで、とっつぁんはどうしてそれを知ってんだ。大隅屋の若旦那におれを説得しろとでも言われたのか」

「い、いや、たまたま道でばったり会って……余一がどうのと言っていたから」

六助は詰まりながらも適当に言葉をにごす。そうとわかれば長居は無用と、櫓長屋を立ち去った。

五

余一が唐橋の打掛に手を出さないのは喜ばしい。

しかし、井筒屋の頼みを断って、果たして無事にすむのだろうか。相手は裏の顔役に手を回して弱みを摑むような輩《やから》である。

見込み違いに気付いても見逃してくれるとは思えねぇ。とはいえ、お糸ちゃんに櫓長屋のことを教えたところで一文の得にもならねぇんだ。せっかくの脅しのネタを無駄にするとも思えねぇし……。

六助はさんざん迷った末に、しばらく様子を見ることにした。ところが、食えない相手は十日経っても音沙汰がない。とうとう六助はしびれを切らした。

もう、あれこれ考えたって仕方がねぇ。こっちから井筒屋に行って、さっさと決着をつけちまえ。

そして、十月二十五日の昼前に井筒屋を訪れた。

「今日はどうしはりました。まだ花魁の打掛の柄は決まってへんと思いますが」

座敷で顔を合わせるなり、愁介は笑顔でそう切り出す。六助も負けじと言い返した。

「余一は大隅屋の頼みを断った。俺は唐橋の打掛を探ることなんかできねぇ。役に立たなくてすまねぇな」

あれほど自信たっぷりに「余一は手を貸す」と断言したのだ。さぞかし驚くかと思いきや、愁介は平然と聞いている。

「おや、そうどすか。けど、考え直さはると思います」

愁介は絶対に余一が綾太郎の頼みを引き受けると信じている。それが六助には面白くない。

「おめぇさんは知らないだろうが、余一は頑固な男だ。一度決めたら、簡単に考えを変えるもんか」

「そう思てはるんは、六助さんだけやと思います」

「何だと」

まるで「余一のことは自分のほうが知っている」と言わんばかりだ。目をつり上げた六助に愁介はお茶を勧める。

「そないかっかせんと、お茶《ぶ》でも飲んで落ち着いておくれやす。六助さんかて余一さんが引き受けはったほうがうれしいやろ？　唐橋花魁の打掛を調べれば、五十両が手に入るんやし」

「俺はそんなもの」

「おまはんは余一さんと違うて、『金はいらん』なんて口が裂けても言えんはずどす。裏稼業をしてはったのは何のためや」

あれは金のためではなく、生きるためだ。六助は胸の中で言い返して歯ぎしりする。相手は涼しい顔で続けた。

「余一さんかて所帯を持てば、何かと物入りにならはる。金にならへん古着の始末に嫌気が差すに決まってます」

頭から決めつけた愁介のもの言いに六助の苛立ちは募っていく。

余一によく似たその顔で、勝手なことをほざくんじゃねぇ。そっちが何の苦労もなく育っている間、余一は親方に叱られ続けてきたんだぞ。

六助は愁介を睨みつけた。

「おめぇさんは大隅屋の足を引っ張りたいんだろう。だったら、余一が手を貸さないほうがいいんじゃねぇか」

余一の工夫を取り入れれば、誰も思いつかないような打掛ができ上がる。大隅屋は江戸中の評判をさらうだろう。

「やつの弱みを握っているなら、大隅屋には手を貸すなと脅しをかけりゃあいい。いったい何を考えていやがる」

「あのお人が吉原一の花魁のためにどないな打掛を思いつかはるのか。手前はそれを見てみたいんどす」

相手の口から漏れたのはあまりにも思いがけない言葉だった。虚を衝かれた六助に愁介はひどく楽しそうに言う。

「六助さんかて、本当は見てみたいんと違いますか」

見たいか、見たくないかで言えば、もちろん見たいに決まっている。

去年の春、唐橋が道中で着た古い打掛を仕立て直したものだって見事な出来栄えだったのだ。もし余一が古着を始末するのではなく、新しい打掛を考えたら、どんなものができるだろう。

しかし、愁介は余一と二度しか会ったことがないはずだ。六助は聞かずにいられなかった。

「どうして、そこまで余一にこだわる」

「おまはんに教える義理はあらしまへん」

そう答える相手の顔には、今までに見たことのない剣呑《けんのん》な表情が浮かんでいた。

長屋に戻った六助は日の高いうちから酒を飲み始めた。

まるで風邪をひいたときのように背中がぞくぞくして落ち着かない。愁介に会った後はいつもそうだが、今日は特にひどかった。

さっきの顔を見る限り、愁介は余一を恨んでいる。

だが、いったいどうして――余一が赤いしごきをもらった娘の妾話《めかけ》を邪魔したからか。それとも、大隅屋の綾太郎に肩入れしているからか。思い当たることはいくつかあるが、だとしたら、なぜあんなことを言う。

――あのお人が吉原一の花魁のためにどないな打掛を思いつかはるのか。手前はそれを見てみたいんどす。

ならば、打掛ができたところで奪い取るつもりだろうか。しかし、それなら大まかな下絵なんて手に入れなくてもいいだろう。

相手の狙いが見えないことが六助の不安をあおる。五合徳利が空になったとき、ふらりと余一がやってきた。

「土手に行ったらいないから、具合でも悪いのかと来てみれば……いい年をして何をやってんだ」

上がり込むなり嘆かれて、六助は横目で余一を睨む。

こっちはおまえのせいで、日も暮れないうちから酒を飲む羽目になったんだ。知らぬが仏とはこのことだぜ。

「ふん、俺が何をしようと勝手だろう」

「心配しているのに、その言い草はねぇんじゃねぇのか」

眉をひそめた顔を見て、「心配しているのはこっちのほうだ」と腹の中で言い返す。

そして、気になっていることを聞いた。

「なぁ、唐橋花魁の打掛は断ったんだよな」

すぐに「そう言ったじゃねぇか」と返されると思っていた。「俺はきものの始末屋だから、新しいものに興味はねぇ」と。

しかし、余一は決まりが悪そうに頬を撫《な》でた。

「それが……手を貸すことになっちまった」

にわかに信じられなくて、六助は目を見開く。

——大隅屋の若旦那が泣き付かはれば、きっと手を貸さはります。六助は余一のほうへにじり寄った。

一度は断っておきながら、愁介の言った通りになるなんて。六助は余一のほうへにじり寄った。

「おめぇはきものの始末屋だろう。新しく誂えるもんに手を貸す義理はないはずだ」

「そうなんだが、若旦那の口車にうっかり乗せられちまって」

口車というわりに、余一の表情は柔らかい。無理やり押し付けられたのではなく、やる気になったということだ。

「もっとも、おれが手を貸すのはどういう打掛にするか思案するところまでだ。実際の仕事は出る幕なんかねぇ」

言い訳がましく言われた言葉が右から左に抜けていく。六助は穴が開くほど、余一の顔を見つめてしまう。

おめぇは人が袖を通したものにしか興味がねぇんじゃなかったのか。本当は古着の始末なんかじゃなく、高価なきものを作りたかったのか。

余一のことなら、この世の誰よりよく知っているつもりだった。しかし、それは手前勝手な思い込みだったのか。

だったら、ここで俺だけが知っていることを洗いざらい話してやろうか。

不意に怒りにも似たどす黒いものが六助の中に湧き起こった。

今まで親方との約束だからと、ひとりで秘密を背負ってきた。しかし、余一は変わってしまった。

もう傷つこうと、悩もうとこっちの知ったこっちゃねぇ。自分の身体に井筒屋と同じ血が流れていても、商売敵の大隅屋に力を貸してやる気になるか。こっちは高みの見物としゃれ込んでやろうじゃないか。

破れかぶれになったとき、余一が持参の風呂敷《ふろしき》包みを黙って差し出す。怪訝《けげん》な思いで中を見れば、継ぎはぎだらけの男物の綿入れが出てきた。

余一の貧乏性は知っているが、さすがにこれはないだろう。六助は眉をひそめてから、綿入れをよく見て息を呑む。

「こりゃ、古渡《こわた》り更紗《サラサ》や唐桟《とうざん》の端切《はぎ》れをつないだもんか」

震える声で尋ねれば、余一は誇るでもなく顎を引く。

天鵞絨《ビロード》、緞子《どんす》、更紗、唐桟――これらはみな海の向こうから来た織物である。今ではこの国の職人が織ることもできるようになったけれど、舶来の品は高級品として扱われ、古い名物裂《めいぶつぎれ》は高価な茶道具の仕覆《しふく》によく使われる。

無理やり綿入れにしなくても、他にもっと使い道があっただろう。六助は呆れて口を半開きにした。

「おれが始末のたびに出る端切れをつないで取っておくのは、とっつぁんも知ってるだろう」

「ああ」

小さな端切れはそのまま仕舞うと、訳がわからなくなってしまう。そこで端切れと端切れを荒く縫い、つないで取っておくのである。

「生地ごとに分けていたんだが、気が付くと唐桟と更紗できものができそうなくらい端切れが溜《た》まっていたって訳だ」

余一は簡単に言ってのけるが、大きなものでもせいぜい五寸（約十五センチ）、小さなものは二寸（約六センチ）程度の端切れをつないだものだ。しかも前身頃は青の更紗、背中と袖は茶の唐桟で揃《そろ》えてある。その上、背中の真ん中には風車《かざぐるま》のように青い更紗の端切れが並んでいて、まるで更紗に描かれている異国の花のようだった。

「どんなに小さな端切れでも、おれの知らねぇ海の向こうと異人の手を知っている。

そう思ったら、捨てる訳にはいかねぇだろう」

「で、ちりも積もって山となったか。よくもまぁ、根気よく集めたもんだぜ」

この裂を織った者も、染めた者も、遠い異国でこんなふうに始末をされたことを知れば、きっと喜ぶに違いない。六助はしみじみ感心した。

「見る目のねぇやつにはとんだぼろに見えるだろうが、洒落者《しゃれもの》の役者や妓楼《ぎろう》の楼主は目の色を変えて欲しがるに違いねぇ。売れたら、儲けは折半でいいか」

「いや、こいつは売らねぇで、とっつぁんが着てくれ」

余一とは長い付き合いだが、こんなことは初めて言われた。六助は面食らい、綿入れから手を離す。

「俺はいいって。売りたくねぇなら、だるまやの親父にやったらいい」

「親父さんはこういうもんに詳しくねぇ。こんな継ぎはぎを渡したら、かえって機嫌を損ねるだけだ」

「心配すんな。俺が値打ちを教えてやるさ」

この綿入れにかかった手間暇と値打ちを考えれば、気軽にもらえるものではない。遠慮する六助に余一が片眉を撥ね上げた。

「何だ、とっつぁんらしくねぇ。金目のものを他人に譲るのか」

ずいぶんな言い草だが、今までのことを考えれば、そう思われても仕方がない。六助は口をへの字に曲げた。

「せっかく溜めた高価な端切れをどうして手放す気になった。そのまま持っていればいいじゃねぇか」

「……とっつぁんに何かやりたくてさ」

「何で」

「お糸に帯をやったとき、おれが始末した帯だからうれしいと言ってくれたんだ」

惚れた男が自分のためにわざわざ始末したものだ。お糸が喜ぶのはわかりきったことだろう。「のろけんじゃねぇ」と呆れれば、余一はなぜか目を伏せる。

「おれはずっときものの始末をしてきたが、客が喜ぶのは大事なきものが元通りになったり、また着られるようになったからだと思ってた。始末さえちゃんとできていれば、誰がやっても構わねぇ。そういうもんだと思ってた」

しかし、お糸は帯そのものより「余一が自分のために始末してくれたことがうれしい」と言ったという。「それのどこが不思議だ」と言いかけて――六助は余一の言いたいことに気が付いた。

こいつはずっと「自分は疫病神《やくびょうがみ》だ」と思って生きてきた。

だから、他人が袖を通した古着の始末にこだわった。新しいものに触れるのは、汚すようで怖かったのか。

――おれは人の思いの染みついたきものに触れるのが好きなんだ。呉服屋の蔵にあるような新品には興味がねぇ。

二月前はそう言ったが、お糸と一緒になって余一は変わった。自分の腕に値打ちがあると思えるようになったのだ。

今まで余一は六助に頼まれるまま、汚れた古着の始末をしてきた。だが、これからは綾太郎に拝み倒され、いろんな仕事に手を出すだろう。

六助がぼんやり思ったとき、余一は指で鼻をこすった。

「だから、とっつぁんにもおれが始末したもんを持っていてもらおうと思ってさ」

「せっかくだが、俺はおめぇに惚れている訳じゃねぇ」

とっさに茶化して返したら、余一がにやりと笑う。

「だから、値の張るものにしたんじゃねぇか。おれが始末したってだけじゃ、喜ばねぇと思ったからさ」

「……そうかよ」

「とっつぁんとは長い付き合いだしな。端切れを集めるのにかかった時の長さを考えれば、この綿入れはお糸の帯より手間暇がかかっている。ただし縫い目が多いから、着心地のほうは大目に見てくれ」

余一にしてはめずらしく恩着せがましいことを言う。「お糸の帯より手間暇がかかっている」と言われて、何だか無性にうれしくなった。子離れできない清八をとやかく言えなくなりそうだ。

嫁をもらって余一は変わった。この先も変わっていくだろう。

それでも、余一が余一であることに変わりはない。異国の地から運ばれた更紗が切り刻まれて小さくなっても、変わらず更紗であるように。

こいつの本当の素性を知っているのは、恐らく自分しかいない。親方が死ぬ間際に、あとのことを託したのも。

――……井筒屋には、近づけるな。

裏の顔役は親方との義理を金で売った。だが、俺は最後の頼みをとことん守ってやろうじゃないか。

六助は覚悟を決めると、肘《ひじ》で余一の脇腹《わきばら》を突く。

「長い付き合いか。確かにおめぇが親方に怒鳴られて、べそをかいてた頃からの付き合いだもんな」

「何とでも言え。そういうとっつぁんは、きものから妙な声がするって年中怯《おび》えていたじゃねぇか」

「ふん、飯抜きにされたおめぇに焼き芋を恵んでやった恩を忘れやがって」

「てやんでぇ。その借りならとうの昔に返し終わっているはずだぜ」

慣れ親しんだやり取りのあと、余一は長屋を出ていった。

翌日、六助は井筒屋に赴いて、愁介の申し出を承知した。

天女の打掛

一

「それじゃ、おみつは余一とお糸ちゃんの祝言には出なかったのかい」

九月五日の昼下がり、通町の呉服太物問屋、大隅屋の母屋《おもや》にいた綾太郎は、お茶を差し出した女中のおみつに目を丸くして聞き返す。

おみつはすまし顔でうなずいた。

先月の末、余一とお糸から「九月一日に祝言を挙げる」と告げられた。身内だけでやると聞いていたが、女中のおみつはお糸の幼馴染《おさななじ》みである。二人もおみつは祝言に招くと言っていた。

せっかく、お玉《たま》がおみつを置いて出かける日を待っていたのに。そもそも祝言に出ていないんじゃ、何も聞き出せないじゃないか。

当てが外れた綾太郎はがっかりして肩を落とす。

それにしても、親しい幼馴染みの祝言に出ないなんて、余一に振られた恋の傷が今でもひどく痛むのか。気まずくなって目を伏せれば、おみつがくすくす笑い出す。

「勘違いなさらないでくださいまし。祝言に出なかったのは、お糸ちゃんに気を遣わせたくなかったからです。余一さんに未練があるからじゃありません」

「それは本心かい」

「もちろんですとも。大事な幼馴染みにしあわせになってもらおうと、祝言の翌日にだるまやへ行って、開運祈願のお守りだって渡したんですから」

晴れ晴れとした表情を見る限り、痩《や》せ我慢《がまん》をしている様子はない。どうやらおみつは本当に吹っ切ることができたようだ。

綾太郎が胸を撫《な》で下ろすと、不意におみつが手をついた。

「若旦那《わかだんな》にはご迷惑をおかけしましたが、あたしはもう大丈夫です。お糸ちゃんとは今まで通りに、余一さんとは幼馴染みの亭主として付き合う覚悟ができました」

お玉は姑《しゅうとめ》のお園《その》と共に、朝から芝口《しばぐち》へ菊を見に出かけている。おみつがひとり残ったのは、この話をしたかったからのようだ。

重陽《ちょうよう》の節句を前にして今は菊の盛りである。母と妻が戻るのは夕方になるはずだ。父も寄合《よりあい》で出かけていて、母屋には人がほとんどない。今までできなかった「あの話」をするにはお誂《あつら》え向きではないか。

綾太郎はにわかに表情を引き締めた。

「ちょうどよかった。あたしもおまえに言いたいことがあったんだよ」

「何でしょう」

「ここだけの話だが、あたしも桐屋《きりや》さんの素性《すじょう》を知っているんだ」

声をひそめて告げたとたん、向かい合う顔から見る見るうちに血の気が失《う》せる。今にも倒れそうなうろたえぶりに、綾太郎は慌てて言葉を足した。

「そんな顔をしなくても、大隅屋でこのことを知っているのはあたしだけだ。桐屋のおとっつぁんにおまえも知っていると言われたから、教えておこうと思ってね」

大伝馬町《おおでんまちょう》の紙問屋、桐屋の先代夫婦が京の老舗《しにせ》呉服問屋、井筒屋の血を引く駆け落ち者だということは、両親はもちろん、お玉にだって告げる気はない。

仕える相手の他人には言えない大きな秘密、しかも本人さえ知らないことをおみつはひとりで抱えてきた。お玉を大事に思えばこそ、さぞ荷厄介だったろう。

「これからはあたしがお玉を守る。井筒屋のことで何かあれば、必ずあたしにも教えておくれ」

おみつはしばらく黙っていたが、ややしておずおずと口を開いた。

「若旦那はそれを誰から聞いたんですか。桐屋の旦那様が自ら打ち明けられたんでしょうか」

「いや、まぁ……うん」

綾太郎に桐屋の秘密を教えたのは、当の井筒屋愁介である。義父である桐屋の光之《こうの》助《すけ》に事の真偽を確かめたところ、むこうはなかなか認めようとしなかった。だが、「お玉と添い遂げる」というこちらの覚悟が伝わって、ようやくすべてを認めてくれた。

おみつは嫁入り前の嫌がらせが井筒屋の仕業と知っている。自分まで愁介に脅されたと知れば、心配の種が増えるだろう。

あいまいに言葉をにごしたら、おみつは小声で呟《つぶや》いた。

「お嬢さんの素性をお知りになったら……若旦那はお見捨てになるだろうと思っていました」

「おや、おまえはあたしのことをずいぶん見くびっていたんだね」

軽い調子で返したものの、そう思われても仕方がない。お玉と縁を結んだのは、互いの家に利があると親たちが考えたからだ。実際、愁介の言葉が本当だとわかったとき、綾太郎だってさんざん悩んだ。

しかし、もう迷わない。

「お玉は何も悪くないのに、離縁なんかしやしないよ」

「……ありがとうございます。どうか、どうか末永くお嬢さんをよろしくお願い申しあげます」

おみつは感極まったらしく、這《は》いつくばるようにして頭を下げる。大仰なしぐさに綾太郎は手を振った。

「やめておくれよ。こんな姿を見られたら、あたしがおまえを叱《しか》っているように思われるだろう」

挙句、帰ってきたお玉や母に告げ口をされたら厄介だ。急いで顔を上げさせると、おみつは「早速ですが、気になることがあったんです」と切り出した。

「井筒屋の主人が余一さんに仕事を頼んだみたいです」

「何だって」

「もちろん、余一さんは断ったと言っていました。でも、井筒屋のすることですから、すんなり諦《あきら》めてくれるかどうか」

不安そうな顔つきを見て、綾太郎の胸も騒ぐ。つい「桐屋の秘密を余一に漏らしていないだろうね」と念を押せば、おみつの表情が一変した。

「そっちこそ見くびらないでくださいまし。あたしはたとえ殺されたって、お嬢さんを裏切ったりするもんですかっ」

その剣幕に気圧《けお》されて、「悪かったよ」と頭を下げる。おみつは物わかりよく、すぐに怒りを収めてくれた。

「井筒屋のことで何かあれば、必ず若旦那にお知らせします。ですから、若旦那もお嬢さんに関《かか》わることはすべて教えてくださいまし」

ここで「嫌だ」と言おうものなら、食い下がられるに決まっている。ひとまず黙ってうなずくと、おみつは座敷から出ていった。

余一がお糸と祝言を挙げたと思ったら、すかさず井筒屋がしゃしゃり出てくるなんて。よくも次から次へと気がかりなことが起こるものだ。綾太郎は落ち着くために冷めてしまったお茶を飲む。

気位の高い愁介が古着の始末屋に目を付けたのは、先月十五日の月見のせいに違いない。江戸一番の両替商にしてお玉の祖父である後藤屋《ごとうや》の大旦那は、綾太郎の黒羽織をほめてくれた。

――これはまたたいしたものだ。表も裏も変わらないとは。

そのとき着ていた羽織にはすすきの刺繡《ししゅう》がしてあった。

お玉にはっぱをかけられて「月見にふさわしい衣装《いしょう》を」と意気込んだものの、新しく誂える暇はない。そこで余一に相談したら、めずらしく進んで手を貸してくれた。

一緒に行った愁介のきものは、男物にはめずらしい蝙蝠《こうもり》の刺繍の裾《すそ》模様だった。そちらのほうがすすきより手が込んでいたにもかかわらず、大旦那は「よほど急いでやったと見えて、刺繍の裏がずいぶん雑だ」と指摘した上、「せっかくのいい生地がこの刺繍のせいで台無しだよ」とまで言い放った。

怒った愁介はお玉の素性を明かしかけたが、江戸一番の両替商の隠居の貫禄《かんろく》にはかなわない。逆に大きな釘《くぎ》を刺されて、月も見ないで帰ってしまった。

当てが外れただけでなく、面目まで失ったのだ。このまま引き下がるとは思っていなかったが、まさか余一を探し出して仕事を頼むとは。貧しい古着の始末屋なら、喜んでしっぽを振ると踏んだのか。

金持ち嫌いのあの男が簡単に言うことを聞くもんか。あたしだってさんざん苦労をしたんだもの。

高慢ちきな愁介も少しは思い知っただろう。綾太郎は湯呑《ゆのみ》を置くと、人の悪い笑みを浮かべた。

——一度楽な道を選んでしまえば、険しい道を選べなくなる。だから平坦な道と険しい道に分かれていたら、険しい道を選ぶべきだ。

先月の月見の席で、後藤屋の大旦那に言われた言葉は綾太郎の中に根を張った。はす向かいの淡路堂《あわじどう》さんだって「常に新しいものを生み出す心意気が必要」と言いながら、跡継ぎのことでは易《やす》きに流れた。厳しい現《うつつ》と向き合って常に挑んでいくことは、今までやってきたことだけを続けるよりも難しい。

あたしも大隅屋の六代目として、親から言われたことをしているだけじゃ駄目なんだ。何事も工夫が肝心だよ。

綾太郎は強い決意の下、奉公人任せにしていたことも自らの目で確かめるようにした。納得できないところがあるとしつこく問い質《ただ》すため、一部の奉公人からは「旦那様に似てきた」とこぼされている。

月が替わり、十月一日の暮れ六ツ（午後六時）前、綾太郎が昨日締めた帳面を検《あらた》めていると、父がいつになく興奮した様子で寄ってきた。

「おまえは西海屋の唐橋花魁《おいらん》と知り合いだったな。できるだけ早く私を花魁に引き合わせてくれ」

「おとっつぁん、いきなり何を言い出すんです。西海天女はお客を選ぶことで有名なんだ。あたしの父親だからって相手にされる訳ないでしょう」

そもそも吉原一の花魁を座敷に呼べば、どれほど金がかかることか。店を傾かせるつもりかと、綾太郎は眉《まゆ》をひそめる。

「こんなことがおっかさんの耳に入ったら大騒ぎになりますよ。もういい年なんだから、少しは考えてくれないと」

大隅屋の主人として「五代目孫兵衛《まごべえ》」を名乗っていても、父は所詮《しょせん》入り婿《むこ》である。家付き娘の母が好き勝手をすることは許されても、入り婿の父が吉原で豪遊することは許されない。厳しい口調で諌《いさ》めれば、父は顔を赤くした。

「勘違いするんじゃないっ。私は花魁の身請けが決まったと聞いて、頼みたいことができただけだ」

むきになった父親に綾太郎は目を瞠《みは》る。「それは本当かい」と聞き返せば、ふてくされた様子でうなずかれる。

「唐橋は深川の材木商、紀州屋重兵衛さんに身請けされることになった。近いうちに江戸中の噂《うわさ》になるだろう」

紀州屋重兵衛と言えば、一代で成り上がった江戸でも指折りの豪商である。綾太郎は知らず顔をしかめた。

「あのお人はおとっつぁんより年上じゃないか。親子ほど年の違う唐橋を身請けしようというのかい」

「おまえは何もわかっちゃいないな。尻《しり》の青い若造に金のかかる花魁を身請けすることなどできるものか」

かぶりを振って返されて、薬種問屋に婿入りした幼馴染みの顔が頭に浮かぶ。

――捨てられるのは八重垣《やえがき》じゃない。あたしのほうなんだ。

平吉《へいきち》の敵娼《あいかた》だった西海屋の八重垣は、蔵前《くらまえ》の札差《ふださし》に身請けされたと聞いている。唐橋もかつての仲間と同じく、意に染まない身請け話を押し付けられたということか。

唇を噛《か》んだ息子の前で父はさらに語り続ける。

「紀州屋さんは御新造《ごしんぞ》さんを亡くして独り身だし、立派な跡取りだっている。前から唐橋を身請けして隠居したいと考えていたそうだ」

しかし、抱え主の西海屋はなかなか承知しなかった。大事な金箱を手放せるかとどんどん身請け金をつり上げた末、先日、三千両でようやく手を打ったという。

「楼主にすれば、笑いが止まらない話だろう。紀州屋さんにしても長い目で見れば、毎日吉原《なか》に通うより安くつくかもしれないがね」

売れっ妓《こ》の花魁には何人もの馴染みがいる。その中の一番であろうとすれば、毎晩吉原に通って湯水のごとく金を使うことになる。特に唐橋が敵娼では、使う金も桁《けた》違いだったに違いない。

「女遊びでそれだけ出しても、商いは揺るがないというんだから恐れ入る。紀州屋さんは一代でどれほど儲《もう》けたのかねぇ」

譲られた身代を守るだけで精一杯だった入り婿には考えられない話らしい。うらやましそうな姿を見て、綾太郎は不機嫌になる。

「でも、それは火事のおかげじゃないか。他人の不幸で儲けるなんて罰当たりだよ」

江戸では頻繁に大火が起こる。紀州屋は焼け出された人たちに高値で材木を売りつけて巨万の富を得た。世間の人は恨みを込めて、紀州屋を「焼け太りの重兵衛」と呼んでいる。

「めったなことを言うんじゃない。大火で儲けているのは、紀州屋さんだけじゃない。他の材木商や大工に左官、私たち呉服屋だってそのおこぼれをもらっているんだ」

燃えない地面や鍋釜《なべかま》と違い、きものはすべて灰になる。火事の直後は古着屋が、しばらくすると呉服屋や太物屋《ふとものや》が客でにぎわうのが常だった。

「唐橋にとっても悪い話じゃないだろう。女の盛りは短いし、紀州屋さんに身請けをされれば、一生金の苦労をしなくてすむ」

「それは……そうかもしれないけど」

父の言いたいことはわかるが、気持ちのほうは納得しない。

重兵衛は紀州の山持ちの三男坊で、材木問屋に奉公して商いを学び、三十で紀州屋を始めたという。元が山育ちであるせいか、豪商に成り上がった今でも垢抜《あかぬ》けないともっぱらの評判だ。

西海天女がそんな男に独り占めされるなんて。身請けを知って憤る江戸っ子は大勢いるに違いない。

「紀州屋さんは花魁のためなら金を惜しむ気はないらしい。特に最後の道中は『のちの世まで語り草になるようなものにしたい』と意気込んでいる。楼主も唐橋の名を若い女郎に継がせるつもりでいるようだ」

吉原の大見世《おおみせ》では、一世を風靡《ふうび》した花魁の名が代々引き継がれる。三浦《みうら》屋《や》の「高《たか》尾《お》」のように、西海屋の「唐橋」もこの先ずっと続くのか。

「笑わない天女ともてはやされた初代唐橋の見納めだ。最後の道中には江戸中の男が押しかける。そのときに花魁が着た打掛《うちかけ》は世間の評判をさらうと思わないか」

「なるほど。おとっつぁんは唐橋に会って、『最後の道中で着る打掛を大隅屋で誂えて欲しい』と頼む気なんだね」

綾太郎が納得して手を打つと、父が満足げに目元を緩めた。

江戸の娘は高位の花魁のきものや化粧に憧《あこが》れる。大隅屋で誂えたきものを唐橋に着てもらえれば、この上ない宣伝になる。

だが、唐橋は今度の身請けを本心から望んでいるのだろうか。他人の不幸に付け込めば、紀州屋と同じになってしまう。綾太郎はためらった末にかぶりを振った。

「あたしは今年の春から唐橋に会っていない。いきなりおとっつぁんを引き合わせるなんてできないよ」

「だったら、おまえから花魁に頼んでみてくれ。大隅屋の名を上げるまたとない機会だぞ」

「そう言うおとっつぁんが紀州屋さんに売り込んでごらんよ。他人より早く身請け話を耳にするくらいだもの。それなりに付き合いがあるんだろう」

遮《さえぎ》るように言い返したら、父は渋い顔になる。紀州屋はきものの趣味が悪いので、唐橋と話がしたいらしい。

「心配しなくても大丈夫だよ。唐橋だったら、どんな打掛も着こなすさ」

綾太郎はそっけなく締めくくり、再び帳面に目を向けた。

ところが十月五日の朝、その唐橋から綾太郎に文が届いた。開いてみれば、「頼みたいことがあるので、急ぎ西海屋に来て欲しい」とある。

このことを父に知られると面倒なことになる。綾太郎は「桐屋に行く」と嘘《うそ》をつき、供を連れずに吉原へ急いだ。

二

久しぶりに足を踏み入れた唐橋の座敷は、あいかわらず豪華な品であふれていた。

黒檀《こくたん》の床柱《とこばしら》と舞い踊る天女が彫られた欄間《らんま》は以前と同じだが、襖《ふすま》の絵が鴛鴦《おしどり》から富士の山に変わっていた。

禿《かむろ》や振袖新造《ふりそでしんぞう》は追い出したのか、唐橋はひとり脇息《きょうそく》にもたれている。打掛は着ていないものの、結《むす》び文《ぶみ》柄の小袖《こそで》に金糸の三重襷《みえだすき》の帯を前で結んでいる。贅《ぜい》を尽くした座敷の中で、もっとも値の張る花魁は今日も光り輝いていた。

商売柄、きれいな女は見慣れているつもりである。身近なところでは、妻のお玉だって十分目を惹《ひ》く器量よしだ。それでも唐橋と並んだら、月に照らされた星のごとく目立たなくなってしまうだろう。

誰より豪華なこの人が貧しさゆえに売られたなんて、今となっては信じられない。

綾太郎がぼうっと見つめていると、赤い唇が弧を描く。

「あやさま、お久しぶりでござんすなぁ」

最後に顔を合わせたのは、今年の春。

許されぬ恋に泣く妹女郎に唐橋は言ったのだ。

――吉原の花なら花らしく、恋心を弔いながら咲き誇って見せなんし。ぬしならできるはずざます。

自らも恋を封じて吉原一の花魁となり、とうとう好きでもない男に身請けされてしまうのか。綾太郎はためらいがちに切り出した。

「このたびは身請けが決まったそうで」

本来ならば祝いを述べるところだが、「おめでとう」とは言いたくない。言葉をにごした綾太郎に唐橋が目を見開く。

「あやさまにしては早耳でありんすこと。今日お呼び立てしたのは、他でもありんせん。そのことで頼みがあるからざます」

「何でしょう」

「わっちが最後に着る打掛を大隅屋で誂えたいんざます」

きものを誂えたいと言われたら、呉服屋として否やはない。それでも、綾太郎は確かめずにいられなかった。

「花魁は今度の身請けを喜んでいるのかい」

「おや、あやさまはなぜわっちが喜んでいないと思うんざますか」

問いに問いで返してから、唐橋はからかうような笑みを浮かべる。

笑わないと言われている唐橋だが、綾太郎の前では普通の娘のように表情を変える。

きっと客ではないからだろう。

「吉原《なか》の勤めはつらいもの。女郎はみな身請けをされて、一日も早く大門《おおもん》から出ていきたいと思っておりんす」

「それは並みの女郎の場合だろう。花魁は嫌な客を断ることができるんだし、ここにいたほうがいい暮らしができるじゃないか」

座敷の中を見回して綾太郎が口を滑らせる。唐橋は不快そうに目を眇《すが》めた。

「いい暮らしねぇ。日替わりでいろんな男のおもちゃになるのが、いい暮らしだとおっせぇすか」

すぐに失言に気付いたものの、一度出た言葉は取り消せない。気まずい思いで目を伏せれば、赤い唇からため息まじりの声がした。

「ほんに、あやさまはわっちを見くびっておりんすこと。西海天女を身請けしたいと千両箱を積んだのが、重さまひとりと思いなんすか」

言われて、綾太郎ははっとする。

吉原一の売れっ妓を手に入れたい――心の底からそう思い、楼主に掛け合った金持ちはこれまで何人いたのだろう。唐橋は紀州屋に選ばれたのではない。言い寄る客の中から、唐橋が紀州屋を選んだのだ。

「……焼け太りなんかのどこがいいのさ」

親子ほど年の離れた垢抜けない男ではないか。ふてくされた声を出すと、唐橋はわずかに首をすくめる。

「重さまとわっちは似た者同士でありんすから」

「どういうことだい」

「互いに身ひとつで江戸に来て、他人から恨みを買うほど多くの金を稼ぎんした。人の表と裏をうんざりするほど目にした果てに、わっちは重さまならば信じられると思ったのでありぃすよ」

そう語る表情に暗さは微塵《みじん》も感じられない。にわかに信じられなくて、綾太郎はうろたえる。

「で、でも、紀州屋さんは火事で大儲けをしたんだよ」

「わっちら女郎は儲けた金を巻き上げるのが仕事ざます。そのせいで身を持ち崩した男は掃《は》いて捨てるほどおりんすえ。けんど、いちいち苦にしていたら、吉原《なか》では生きていけんせん」

女郎は手練手管《てれんてくだ》で客から金を巻き上げる――それを承知で男たちは吉原にやってくる。遊びが本気になった挙句に身代を潰《つぶ》したとしても、「身から出た錆《さび》でありんす」と唐橋は切り捨てる。

「ところが、客とその身内はわっちら女郎を恨みんす。重さまとて同じこと。紀州屋が嫌いなら、材木を買わなければいいものを」

売り値を承知で買っておいて、あとで「高すぎる」と文句を言う。それが世間だと唐橋は言う。

「わっちも二十歳《はたち》を超えておりんす。女として萎《しお》れぬうちに大門を出るのが、身のしあわせでござんしょう」

「萎れるなんてとんでもない。唐橋はまだ花の盛りじゃないか」

とっさに励ましを口にしたが、相手は大きく結い上げた頭を左右に振った。

「花も女も商いも盛りの時期は短いもの。だからこそ、常に先を考えて今を生きねばなりんせん。つらい恋を乗り越えて紅鶴も一人前になりんした。今ならわっちがいなくなっても、西海屋は安泰でござんしょう」

抱え主が傾けば、その分女郎が苦労をする。唐橋の身請けの時期を探っていたのは、楼主だけではなかったようだ。

「それに重さまの御新造さんは亡くなっておりんすから、世話になっても泣くお人はおりんせん。わっちは今度の話を心から喜んでいるんざます」

そう言って手を合わせた唐橋からは何の屈託も感じられない。本人が言う通り、真実紀州屋と共に生きることを望んでいるようである。

ならば、傍《はた》がとやかく言うことはない。むしろ、しがらみから解き放たれてよかったと祝福してやるべきだ。

「どうやらあたしは考え違いをしていたようだ。花魁が望んで大門の外に出るのなら、最高の打掛を誂えさせてもらいましょう」

綾太郎は背筋を伸ばし、心の中で嘆息する。

折れそうに細いその身ひとつで何千両という金を稼ぎ、妹女郎の行く末ばかりか、身請けする男の妻にまで気を配る。幼くして親に売られた少女がよくぞここまで育った、いや成り上がったものだ。

この先二代目、三代目の唐橋が現れても、初代をしのぐ者は現れまい。つくづく感心していたら、花魁が静かに頭を下げた。

「よろしゅうお頼みいたしんす。ただし、わっちの打掛を誂えていることは伏せておいてくんなまし」

「そりゃまた、どうしてだい」

引き受けたからには、せいぜい店の宣伝に使わせてもらうつもりだった。がっかりして理由を問えば、めずらしく唐橋の顔が曇る。

「わっちと重さまは似た者同士と言ったはず。世間の恨みを買っているのは、重さまだけじゃございんせん」

唐橋に振られて面目を失った客は大勢いる。今回の身請け話を知れば、何を企《たくら》むかわからないとうつむいた。

「わっちとの関わりを吹聴すれば、いえ、伏せておいたとしても、とばっちりがいくかもしれんせん。それが心配なら、どうぞ断っておくんなんし」

以前なら、ここで二の足を踏んだだろう。だが、綾太郎は道が二つあったとき、険しい道を選ぶと決めたのだ。

「花魁もあたしのことを見くびっているようだね。女郎が客をもてなすように、呉服屋はきものを売るのが商売だよ。女に振られた客の恨みなんて恐れるもんか」

「あやさま」

「西海天女の最後の艶姿《あですがた》を彩るきものだ。どんな邪魔が入っても、最高の打掛を仕上げてみせるさ」

そして、初代唐橋の名を語り草にしてみせる——綾太郎はこぶしを握り、ふと思いついたことを口にした。

「ところで、余一に声はかけないのかい」

「せっかく新しい打掛を大隅屋で誂えるのでありんすえ。古着の始末屋の出る幕なんてござんせん」

余計なことを言わなければよかったと、綾太郎は後悔した。

唐橋の最後の道中は、来年一月二十一日だという。

手の込んだ打掛を誂えようと思ったら、もたもたしている余裕はない。唐橋に会ったその日から、綾太郎の頭の中は打掛のことで一杯になった。

綾太郎が覚えている花魁の打掛と言えば、何と言っても唐橋から紅鶴に譲られた「いろはの打掛」である。白地に九十九の大輪の花が刺繍され、目立たないふきのところにいろはは柄が使われていた。

白生地に絵を描いて染めるより、織りや刺繍に凝るほうが何倍も手間と暇がかかる。見た目の豪華さであの打掛を上回るのは難しい。

「あれと比べられると面倒だから、大輪の花は避けるとするか」

それに満開の花はすぐに散るため、「縁起が悪い」と言う者もいる。唐橋にはこの先ずっと続くしあわせを手に入れて欲しかった。

花が駄目だとすると、他にどんな柄があるだろう。鳳凰《ほうおう》や龍《りゅう》、獅子《しし》……どれも縁起がよくて目立つけれど、唐橋が着るには猛々《たけだけ》しい。しかし、鶴《つる》や白鷺《しらさぎ》、燕《つばめ》では地味な見た目になりそうだ。

いっそ、西海天女にちなんで天女の柄とか。だが、今度の身請けを「天女が地に堕《お》ちた」と揶揄《やゆ》されては困る。

いいものにしようと力むほど、すべて駄目な気がしてくる。綾太郎が頭を抱えていたら、父に声をかけられた。

「店でうんうん唸《うな》っていても、いい思案など出てきやしない。今晩にでも吉原見物をしておいで」

本音を言えば、吉原に行ったたっていい思案が出るとは思えない。しかし、同じところにとどまっているよりはましだろうか。

唐橋に釘を刺されなければ、余一に相談できたのに。

綾太郎は藁《わら》にも縋《すが》る気持ちで吉原に行くことにした。

三

日本橋から吉原は遠い。綾太郎が大門をくぐったのは、十月九日の暮れ六ツだった。両側に並んだ見世の灯《あか》りと燈籠《とうろう》の灯《ひ》で、夜の仲之町《なかのちょう》は闇《やみ》知らずである。ちょうど夜見世が始まったところのようで、花魁道中が歓声と共に近づいてくる。仲之町には見物の人だかりができていた。

この人の多さからして、唐橋の道中かもしれない。綾太郎が周りの人をかき分けて前に出ようとしたとき、すぐそばで聞き覚えのある声がした。

「これは大隅屋の若旦那、こないなところでお目にかかるなんてめずらしい」

振り向くと、井筒屋呉服店江戸店《えどだな》の主人、愁介が立っている。後藤屋の隠居所で別れてから、顔を見るのは二月ぶりだ。

束《つか》の間《まのま》息を呑んでから、綾太郎は覚悟を決めて声を発した。

「今日は冷やかしに来ただけです」

「なるほど、唐橋花魁の打掛を誂えるために、他の花魁の打掛を見ておこうということどすか。たいそう商売熱心どすなぁ」

唐橋から打掛を頼まれたのは、ほんの四日前のことだ。隠すように言われているため、妻のお玉にも言っていない。

知っているのは父だけなのに、どうして商売敵《しょうばいがたき》が知っている。綾太郎がうろたえたとき、周りの声が大きくなった。

「おい、見ねぇ。きれいだなぁ」

「唐橋が身請けを受けたのは、紫扇の評判が高まったせいらしい」

「空を舞う天女の評判が落ちたら、洒落《しゃれ》にならねぇもんな」

唐橋の名を貶《おとし》められて綾太郎の口が自ずと尖《とが》る。禿や振袖新造の後ろをすまし顔で歩いているのは、「しせん」という名の花魁らしい。

身を乗り出してよく見れば、なるほど、たいそうな美人である。けれど、やけになよなよしていて、唐橋の持つ張りの強さは感じられない。この花魁は我が身を張って妹女郎を守ったりしないだろう。

おまえたちの目は節穴かい。見た目がきれいなだけの花魁に西海屋の唐橋が追い落とされたりするもんか。

腹の中で吐き捨ててから、外八文字を踏む花魁の着ているものに目を向ける。打掛は紫の縮緬地《ちりめんじ》に南天と白い扇が描かれている。帯は金糸の青海波《せいがいは》で、仲之町の灯りにきらきら輝いていた。

末広がりの扇で追い風を起こし、南天で難を転じようというところか。中の小袖はよく見えないが、打掛や帯に負けない上物だろう。

どうやら、この花魁にも際限なく貢いでくれる馴染みがいるようだね。癪《しゃく》だけど、いいきものを着ているよ。

こっそり鼻を鳴らしたとき、愁介に耳打ちされた。

「今のが扇屋の紫扇どす。唐橋がいなくなれば、吉原一の売れっ妓になるってもっぱらの評判や」

「扇屋ってことは、『しせん』は紫の扇と書くのかい」

愁介にうなずかれ、綾太郎は納得した。

「なるほど。だから紫の打掛に扇の柄だったのか」

きっと唐橋よりも若いのだろう。もっと明るい色目のほうが似合うと思ったが、名に合わせたのなら仕方がない。うなずく綾太郎を見て、いきなり愁介が噴き出した。

「さすがは大隅屋の若旦那や。花魁の顔よりきもののほうが気にならはるとは」

かつて、幼馴染みの平吉からも似たようなことを言われた気がする。綾太郎はぶすりと言い返した。

「ちゃんと顔だって見ましたよ。それ以上にきものが目を惹いたんです」

「つまり、花魁の顔よりきもののほうが光っていたと言わはりますか」

からかうような相手の言葉はどこかうれしそうである。

綾太郎はぴんときた。

「ひょっとして、紫扇花魁の打掛は井筒屋さんで誂えたものですか」

「へえ。久しぶりにええもんができました。好きなだけ金をかけられるこういう注文ばかりなら、呉服商いも楽しゅうおます」

紫扇の馴染みが花魁に惚《ほ》れ込んでいれば、「唐橋がいなくなって吉原一の売れっ妓になった」と言われるより、「紫扇が唐橋を追い落とした」と言わせたいに決まっている。大隅屋が唐橋の打掛を誂えることは西海屋の誰かが紫扇の馴染みに告げ口して、そこから井筒屋に伝わったのだろう。

さっきの打掛を見る限り、紫扇の客は紀州屋に負けない金持ちのようだ。そんな相手と井筒屋が手を組んだのか。

「後藤屋との月見のときも……もう少し暇さえあれば、あないなことを言われんですんだのに」

　愁介の悔しそうな声を聞き、綾太郎は我に返る。花魁道中の終わった仲之町は、知らぬ間に人が減っていた。

「そういえば、井筒屋さんはきものの始末屋に仕事を頼もうとして、その場で断られたそうですね」

「ようご存じでいらっしゃる。余一さんから聞かはりましたか」

　これぽっちも隠すつもりはないらしい。平然と返されて、綾太郎のこめかみがぴくりと引きつる。

「あたしが月見のときに着ていた黒羽織は余一が始末したものですが、あの男は本来金持ち嫌いなんです。井筒屋さんが何度足を運んでも、仕事を引き受けることはないでしょう」

　余一がほだされるとは考えづらいが、万が一ということがある。諦めるように言ったところ、相手はかすかに口の端を上げた。

「あの黒羽織のすすきの刺繡は余一さんがしはったものどしたか。それはええことを聞きました」

「知らなかったというのなら、どうして余一に仕事を頼むんです。あいつは古着の始末屋ですよ」

京の老舗の呉服屋が関わるような相手ではない。顔をこわばらせた綾太郎に愁介は笑った。

「あの腕を古着の始末だけで終わらせるのはもったいない。若旦那かてそう思うてはりますのやろ」

綾太郎は黙って愁介の顔を睨《にら》みつけた。


井筒屋愁介が自分と同じ考えで余一を狙《ねら》っている——そのことを知った綾太郎はますます根を詰めて唐橋の打掛を考えた。

手元にある小袖雛形《ひながた》はもちろん、店にあるきものの下絵にも片っ端から目を通す。それでも、これだというものが浮かばない。代わりに紫扇の着ていた扇と南天の打掛が繰り返し頭をよぎる。

お玉の亭主として、大隅屋の六代目として、愁介に負ける訳にはいかない。

初代唐橋が吉原の語り草になるか否かは、自分の思案にかかっているのだ。

何が何でもいいものをと思い詰めるあまり、布団に入ってもまるで眠気が訪れない。

寝返りばかりうっていたら、十一日の晩、とうとうお玉に問い詰められた。

「おとっつぁんから放《ほう》っておくように言われたので、じっと辛抱してきました。ですが、このままではおまえさんが身体を壊してしまいます」

心配そうな顔を見れば、隠し通せるものではない。唐橋の打掛についてすべて白状したところ、お玉は不機嫌を隠さなかった。

「どうしてもっと早く相談してくれなかったんです」

「……よそに漏れたら困るし、花魁がらみの仕事だからね。お玉は気にするんじゃないかと思って」

春に何度か吉原へ行き、お玉に泣かれたことがある。そのときのことを匂《にお》わせると、妻の顔が赤くなる。

「仕事だとわかっていれば、あたしだってむやみに妬《や》いたりしません。夫婦の間で隠し事なんて水臭いじゃありませんか」

恨みがましい目で見られて胸の奥がちくりと痛んだ。もっと大きな隠し事があるとわかったら、お玉にさぞかし責められるだろう。

でも、それだっておまえのためを思えばこそだ。堪忍《かんにん》しておくれと心の中で謝ったとき、お玉が膝《ひざ》を前に進めた。

「それより、あっと驚く趣向なんて余一さんが得意とするところでしょう。どうして相談しないんです」

「だから、さっき言ったじゃないか。唐橋から『古着の始末屋の出る幕はない』と言われているんだよ」

「よい打掛ができれば、花魁だって文句はないはずです。このまま手をこまぬいていて、余一さんが紫扇花魁の打掛に手を貸したらどうするんです」

夢にも思わなかったことを言われて、綾太郎の顎《あご》が下がる。

井筒屋の商いは嫌いだが、扱う品に間違いはない。そこに余一の工夫が加われば、見たことがないような極上の打掛ができるだろう。

だが、そんなことがあり得るのか。

「余一は金持ち嫌いの偏屈な職人だよ。古着の始末ならともかく、どれほど金を積まれてもたやすく手を貸すとは思えないね」

内心の動揺を押し殺し、できるだけ落ち着いた声を出す。お玉は綾太郎の手を取った。

「余一さんはお糸さんと一緒になったんでしょう。夫婦二人の暮らしになれば、考え方も変わります。恋女房に勧められれば、今まで承知しなかった仕事でも承知するかもしれません」

自分だってお玉と一緒になって、考えが変わったではないか。余一だってお糸のために考えを変えるかもしれない。もっともな妻の言い分に綾太郎は愕然《がくぜん》とした。

翌十二日の朝、こうしてはいられないと櫓長屋に飛んでいく。話を聞いた余一の顔はさらに仏頂面になった。

「お糸はおれの仕事に口を出したりしねぇ。当て推量でものを言われるのは迷惑だ」

「そ、そうかい」

「もっと言やぁ、おれは井筒屋の仕事だけじゃなく、唐橋の打掛にも関わるつもりはねぇ。おれは古着の始末屋だと、何べん言ったらわかるんだ」

向かい合って土間に立ったまま、余一はきっぱり言い放つ。井筒屋と同じように扱われ、綾太郎はむっとした。

最初はどうあれ、今は互いに認め合った仲だろう。今年の月見の衣装は進んで手を貸してくれたじゃないか。

余一はへそ曲がりだから、素直に手を貸すって言えないのさ。あたしだってそれくらいちゃんとわかっているんだからね。

さて、どうやって口説こうかと思ったとき、余一が一呼吸早く口を開く。

「前から思っていたんだが、若旦那はおれを買いかぶっていなさる。おれはきものの何でも屋で、ひとつの技を極めた訳じゃねぇ。何でもそこそこできるってこたぁ、すべて半端《はんぱ》ってことですぜ」

「そんなことないよ。おまえさんは何をやらせても一流じゃないか」

着尺《きじゃく》の反物、いや一枚のきものを作るには、何人もの職人が必要になる。紡《つむ》いだ糸を染める者、それを図案に従って織り上げる者、もしくは白生地に下絵を描《か》き、様々な色で染める者……そして、でき上がった生地を仕立てる者がいる。

腕のいい職人は他人の口出しを嫌う分、他人の仕事に口を出さない。だが、それが新しい工夫の邪魔をしていると綾太郎は思っていた。

「何でも屋の何が悪いんだい。それにすべて半端なら、まだ伸びしろがあるってことだろう」

「おれはできているもんに手を加えるのが仕事でさ。新しいもんを一から作りたいとは思わねぇ」

「でも、おまえさんは唐橋の打掛の始末をしてきたんだろう。最後に着る打掛に手を貸してくれたっていいじゃないか」

大門の外に出れば、打掛を着る機会などなくなってしまう。これが本当に最後だと力を込めても、余一は首を縦に振らなかった。

「人目を驚かす打掛を作り、最後の道中で披露した後——その打掛はどうなるんです」

「それは、大事にしまっておけば」

「二度と袖を通さなくても、高価なものだから財産になるってんですかい？」

棘《とげ》のある口ぶりに相手の言いたいことがわかった。

二人が出会って間もないとき、「きものは立派な財産だ」と思っていた綾太郎に、「きものは着るからきものなんだ」ときものの始末屋は言い放った。

苛立《いらだ》った綾太郎が着られなくなった古い打掛を押し付けると、余一はそれを切り刻み、唐橋が道中で着られるほどの見事な打掛に始末したのだ。

「おれは一度しか着ねぇきものに用はねぇ。若旦那もいい加減にわかってくれたと思っていたが」

「こ、今度は特別だよ。唐橋の最後の打掛だもの」

「思う存分腕を振るい、金に糸目をつけねぇで豪華なきものを作りたい。そう思っている職人はいくらだっているはずだ。あっと驚く趣向とやらは、そういう腕自慢の連中と相談してくだせぇ」

嫁を取って間もないせいか、余一は微塵も変わっていない。突き放された綾太郎は土間の上で地団太を踏む。

「だったら、どうしてお三和《みわ》ちゃんの振袖には手を貸してくれたのさ。結納の振袖だって、何べんも着るようなものじゃないだろう」

「好きで手を貸した訳じゃねぇ。あんときゃ、若旦那がおれを脅したんだろう」

忘れたのかと睨まれて、不意に顔から血の気が引く。

そういえば、お糸に対して煮え切らない余一と言い争い、「嫌と言ったら、今の話をお糸ちゃんに教えるよ」と迫ったたっけ。

ばつの悪さに目をそらせば、余一がすかさず追い打ちをかける。

「もっとも、あの松の振袖は柄が地味だ。袖を切って染め直せば、嫁に行っても着られやす。その始末なら引き受けやすぜ」

余一はどこまでもきものの始末にこだわる。綾太郎はその頑固さが歯がゆくてならなかった。

「ものを大事にするのは結構だ。きものの始末も悪いとは言わないよ。だけど、おまえさんならもっといろんなことができるじゃないか」

勝手な言い分かもしれないが、今の余一は険しい道を避けているとしか思えない。

何とか説得しようとすると、余一が右手で額を押さえた。

「若旦那、唐橋はおれに手伝わせろと言いやしたか」

「それは……」

唐橋が望んだのは、新しい打掛を誂えることだけだ。そして、「古着の始末屋の出る幕なんてござんせん」と言いきった。

「本人が望んでいねぇのに、おれが手を出すことはできねぇ。井筒屋の仕事は引き受けねぇんで、どうかお引き取りくだせぇ」

綾太郎はしっぽを巻いて櫓長屋を後にした。

四

「わかりました。今度はあたしが櫓長屋に行ってきます」

大隅屋に戻った綾太郎は「断られた」とお玉に告げた。すると、お玉が立ち上がり、出かける支度を始めてしまう。

「それで駄目なら、おみつからお糸さんに頼んでもらいます。おまえさんは大船に乗ったつもりでいてください」

夫を思う妻の気持ちはありがたいが、余計に話がこじれそうだ。綾太郎は慌てて張り切る妻を引き留める。

「その前に、あたしが吉原へ行ってくるよ。唐橋がなぜ余一の手出しを嫌がったのか、その理由を聞き出してくる」

余一の腕は唐橋だってよく知っているはずだ。にもかかわらず、「出る幕がない」と言ったのは、きものの始末へのこだわりを承知していたからなのか。

唐橋に「余一の手を借りたい」と言うのは癪だけれど、背に腹は替えられない。花魁だって余一のためにもなるとわかれば、それでも駄目とは言わないだろう。

翌日はあいにくの雨だったが、唐橋の気持ちを確かめないと話が前に進まない。出かける支度をしていたら、父に声をかけられた。

「綾太郎、めかし込んでどこへ行く気だ」

「今から吉原に行ってくるよ。どんな打掛が着たいのか、花魁にちゃんと聞いていなかったからね」

唐橋の打掛の出来栄えは大隅屋のこれからを左右する。快く送り出されるかと思いきや、父は険しい顔になる。

「そんなものは聞かなくていい。花魁に会うのなら、打掛の誂えそのものを断ってきてくれないか」

「おとっつぁん、急にどうしたんです」

前は自分よりも乗り気だったのに、いきなり掌《てのひら》を返すなんて。非難がましい声を上げれば、より強い調子で返された。

「蔵前の札差、澤田屋《さわだや》の名は知っているだろう。唐橋はあそこの主人にひどく恨まれているんだよ」

吉原では初めての登楼を「初回」、二度目を「裏を返す」と言い、三度目でようやく「馴染み」となって花魁と床を共にできる。唐橋は澤田屋が裏を返した後、三度目の登楼を拒み通したという。

「おまえは知らないだろうが、初回で振られるのは女郎の恥、裏で振られるのは客の恥とされている。面目を潰された澤田屋さんは、紀州屋さんの身請け話にも横槍《よこやり》を入れていたそうだ」

澤田屋と言えば、札差の中でも大店である。そこの主人がたかが女郎に振られたくらいで、仕返しをしようとするなんて。

大人気ない振る舞いに綾太郎は心底呆れた。

「女を知らない若い男ならいざ知らず、いい年をした大店の主人がみっともないったらありゃしない」

「大店の主人だからこそ、面目を潰された恨みが深いのさ。唐橋だってそれくらい承知していたはずなのに、愚かな真似《まね》をしたものだ」

父は唐橋のほうが悪いと言いたげである。綾太郎は落ち着いて話を聞こうと、畳の上に正座した。

「でも、だからって唐橋の打掛を断らなくてもいいじゃないか。いくら唐橋を恨んでいても、その恨みが大隅屋に及ぶとは思えないよ」

「あいにくそうでもない。花魁の櫛《くし》、簪《かんざし》や高下駄を作っている職人がならず者に襲われて、みな怪我《けが》を負っている」

櫛職人は飲んだ帰りに襲われて右腕の骨を折り、簪職人は喧嘩《けんか》に巻き込まれて左目を傷つけられた。高下駄を作っていた職人は神田川に投げ込まれ、熱を出して寝込んでいるとか。

「札差は武家相手の商売で、多くの用心棒を抱えている。中でも澤田屋さんは物騒な噂が絶えないお人だ。唐橋に仕返しをするためなら、何をしでかすかわからない。扇屋の紫扇という花魁に入れ込んでいるのも、唐橋への面当てだって話だからね」

紫扇に惚れ込んで唐橋を目の敵にしているのかと思いきや、実のところは逆だったのか。

意趣晴らしの駒《こま》にされる紫扇花魁も気の毒に。知らずため息をついたとき、唐橋と井筒屋に言われたことを思い出した。

――わっちとの関わりを吹聴すれば、いえ、伏せておいたとしても、とばっちりがいくかもしれんせん。それが心配なら、どうぞ断っておくんなんし。

――久しぶりにええもんができました。好きなだけ金をかけられるこういう注文ばかりなら、呉服商いも楽しゅうおます。

唐橋は最初から澤田屋の嫌がらせを覚悟していたのだろう。そして、井筒屋に紫扇の打掛を作らせたのは、澤田屋ということになる。

「腕利きの職人に唐橋の打掛を任せて怪我でもされたら大変だ。花魁にはすまないが、手を引いたほうがいい」

寝込んでいるだけの職人はいずれ元の仕事に戻れるだろう。しかし、目や腕を傷つけられた二人は仕事を替えることになる。腕のいい職人を失った小間物屋だって大きな痛手に違いない。

だが、ここで大隅屋が手を引いたら、唐橋はどうなるのか。綾太郎は父を睨んだ。

「澤田屋の仕業とわかっているなら、お上に訴え出ればいいでしょう」

「怪しいというだけで、確かな証《あかし》は何もないんだ。唐橋に振られて恨んでいる男は大勢いるし、澤田屋さんは大身旗本に顔が利く。あとの祟《たた》りが恐ろしくって、訴え出られるもんじゃない」

「でも」

「目先の得にこだわって、大事な職人を危険にさらす訳にはいかない。おまえだってそう思うだろう」

父は面倒に巻き込まれたくないのだろう。だが、綾太郎は険しい道だからこそ、進むべきだと思う。

「おとっつぁん、あたしは花魁に引き受けると言ったんです。大隅屋の跡継ぎとして、今さら断ることはできません」

「そんなことを言って、うちの職人に何かあったらどうするんだ」

「数寄屋町《すきやちょう》の親分に守ってもらえばいい。日頃付け届けをしているのは、こういうときのためでしょう」

以前、母とお玉を貶《おとし》める瓦版《かわらばん》が撒《ま》かれたとき、十手持ちの親分は下手人を突き止められなかった。今こそ役に立ってもらおうと綾太郎は訴える。それでも、父は渋い表情を崩さない。

「おとっつぁんだって言ったでしょう。唐橋が最後に着る打掛を誂えることができたら、世間の評判をさらうって。うちの職人が怪我をすると決まった訳でもないのに、諦めるなんてもったいないよ」

「だが、澤田屋さんに睨まれたら厄介だぞ」

「ここで手を引いたって、澤田屋がうちできものを誂えてくれる訳じゃない。唐橋の打掛が評判になれば、うちには江戸中の女たちが押しかけてくる。果たしてどっちが得かなんて、わかりきったことじゃないか」

言葉を尽くして訴えれば、父がむっつりと黙り込む。ややして「どうなっても、私は知らんぞ」と言い捨てて、座敷から出ていった。

「唐橋はこうなることがわかっていたから、余一を遠ざけたんだろうね」

綾太郎は吉原行きを取り止めて、帳面をめくりながらひとりごちる。

余一が嫁をもらったことは当然知っているはずだ。万一のことを考えて、綾太郎に釘を刺したのだろう。

「大隅屋に打掛を頼んだのも、あたしなら嫌がらせをされても断らないと踏んだからかな。まったく食えないお人だよ」

とはいえ、父のように唐橋を責めるつもりはない。悪いのは振られた腹いせに職人を傷つける澤田屋だ。唐橋は客の本性を見抜き、早々に振っただけである。

かくなる上は、井筒屋と澤田屋がぐうの音も出ないような打掛を誂えてみせる。綾太郎は意気込むが、意気込みだけでうまくいくほどこの世の中は甘くない。帳面に書かれている文字もちっとも頭に入らなかった。

数寄屋町の親分は今ひとつ頼りないからね。うちの職人がならず者に傷つけられたら、どうすればいいんだろう。

ふと心が揺れたとき、手代の俊三《としぞう》が障子を開ける。

「友禅職人の朔二《さくじ》が染め上った品を持ってきました。若旦那に検《あらた》めて欲しいと言っていますが、ここに連れてきてよろしいですか」

朔二はお三和の松の振袖を染めてくれた職人で、唐橋の打掛も頼むつもりだった。これぞまさしく渡りに船と、綾太郎はうなずく。

「こいつが頼まれていた黒小袖です。どうぞ検めてくだせぇ」

朔二は腰を下ろすなり、濡れないように幾重にも包んだ油紙を広げて仮絵羽《かりえば》を差し出す。黒地に浮かび上がる白い紋も、柳に燕《つばめ》の裾《すそ》模様も文句のつけようのない出来栄えである。

「さすがは朔二さんだ。この燕なんて本当に飛んでいきそうじゃないか。柳の葉も少しずつ色味を変えてあって、柄に奥行きが出ているよ。芸者の豆吉《まめきち》もきっと手を打って喜ぶだろう」

「ありがとうございます」

言葉を尽くしてほめているのに、無愛想な職人は口元を緩めずに礼を言う。綾太郎は不安になった。

「浮かない顔だが、気になるところでもあるのかい」

広げて隅々まで見たはずだが、何か見落としているだろうか。

眉をひそめて尋ねれば、朔二は無言でかぶりを振る。そして、「俺はこれで」と頭を下げて、さっさと出ていこうとする。綾太郎はとっさに引きとめた。

「ちょっと待っておくれ。おまえさんの腕を見込んで相談したいことがあるんだよ」

「何でしょう」

「唐橋花魁が身請けされることになったのは、おまえさんも知っているだろう」

「へえ」

その相手が紀州屋だということは、すでに江戸中の噂になっている。うなずいた朔二の眉間《みけん》には深いしわが寄っていた。

「ここだけの話だが、花魁が最後に着る打掛をうちが頼まれているんだ」

「……そうですか」

「紀州屋さんは最後の道中を西海天女にふさわしい、華やかなものにしたいと望んでいてね。大隅屋の暖簾にかけて、世間があっというような打掛を作りたいんだが……朔二さんならどういうものがいいと思う？」

声をひそめて切り出せば、朔二の肩がびくりと揺れた。

「いきなりそんなことを言われても」

眉間のしわは残したまま、朔二があいまいに言葉をにごす。綾太郎は肩透かしを食った気分になった。

朔二は余一と違って、職人として名を売りたいという欲がある。てっきり目の色を変えて飛びつくだろうと思っていたのに。

「花魁ならどんなものでも着こなせるし、めったに見かけないような奇をてらったものでもいいと思うんだが」

「奇をてらうったって、縁起のよくねぇ柄は駄目なんでしょう」

「そりゃそうさ」

「だったら、俺は妙な気を起こさねぇほうがいいと思いやす。きものの柄ってもんは、大昔からさんざん知恵を絞り、あらゆる組み合わせを試した上で、これぞってもんが残ってんです」

「おまえさんの言いたいことはわかるけどね」

あたしが聞きたいのは、そういうことじゃないんだよ——口に出さない本音が知らず顔に出たらしい。朔二はさらに言葉を重ねた。

「文箱《ふばこ》や茶碗《ちゃわん》の柄だって、決まったものばかり描かれるじゃありやせんか。俺たちだって、描き慣れたもののほうがうまく描ける。牡丹《ぼたん》や鶴の代わりに、翼の生えた虎を描けと言われても困りまさぁ」

極端な例えを挙げられて、綾太郎は口をつぐむ。しかし、相手の言い分に納得した訳ではなかった。

「それじゃ、おまえさんはどういう打掛がいいと思うんだい」

「俺は西海天女を錦絵でしか拝んだことがありやせん。だから、はっきりとしたことは言えやせんが、大輪の花と蝶《ちょう》なんてどうですか」

大輪の花が唐橋で、その花の周りを飛ぶ蝶が男ということだろうか。見飽きた柄に綾太郎は眉をひそめる。

「その打掛なら、唐橋以外の花魁が着たっていい。あたしは唐橋でなきゃ着こなせないものにしたいんだよ」

初めて見たとき、唐橋は余一が始末した市松《いちまつ》模様の打掛を着て道中をしていた。あの打掛より、また「いろはの打掛」よりも評判になるようなものを着せてやりたい。それは大隅屋のためだけでなく、唐橋のためにもある。

「おまえさんだって友禅職人として名を上げるいい機会じゃないか。もっとよく考えておくれ」

「いきなり考えろと言われても……」

いっこうにやる気を見せない職人に綾太郎は腹の中で舌打ちする。新しい工夫が苦手なのは、商人に限った話ではない。

余一がその気になってくれれば、思いがけない思案が出てくるだろう。こちらの不満を感じ取り、今度は朔二が尋ねてきた。

「当の唐橋花魁は何と言っていなさるんです」

「特に何も言われていないけど」

こんなことならどんな打掛を着たいのか、最初に聞いておけばよかった。綾太郎が後悔したとき、

「やっぱり、あの噂は本当だったんだな」

いきなり朔二に吐き捨てられて、綾太郎の顔がこわばる。ひょっとして、唐橋に関

わる職人が次々襲われていることを知っているのか。

「あ、あの噂って」

「唐橋が紀州屋の身請けを嫌がっているって噂でさ」

予想外の返事を聞き、間抜け面をさらしてしまう。一方、朔二は鼻息を荒くした。

「西海天女ともあろうお人が焼け太りなんかに進んで身請けされるはずがねぇ。金の亡者の西海屋が千両箱と引き換えに嫌がる唐橋を差し出したに決まってらぁ。若旦那、そうなんでしょう」

「いや、そんなことは」

「今度の身請けを喜んでいれば、最後の道中で着るものを他人任せになんかするもんか。女ってなぁ、そういうもんだ」

自信を持って言い切られ、綾太郎はこめかみを押さえる。朔二は唐橋に憧れていて、今度の身請けを苦々しく思っていたのか。

自分も最初はそう思っていたから、勘違いするのも無理はない。だが、朔二にそっぽを向かれると困ってしまう。

「心配しなくても大丈夫だよ。花魁は納得ずくで紀州屋の申し出を受けたんだから」

「俺には信じられやせん」

「本当だって。嫌いな客を断り続けた西海天女ともあろうお人が、身請けのときだけ楼主の言いなりになると思うのかい」

朔二の言い方を真似《まね》て言えば、相手は不満げに口をつぐむ。どうやら「納得ずくで身請けされる」のも面白くないようだ。

「だとしても、俺は気が乗らねぇ。染めるのは俺の仕事だが、工夫や思案は若旦那がなすってくだせぇ」

最初からやる気がないから何の思案も出てこないのか。これ以上粘ったところでどうしようもなさそうだ。

綾太郎はため息をつき、立ち去る朔二の背中を見送った。

五

十月二十日の恵比寿講《えびすこう》は、商家にとって欠かすことのできない行事である。

神々がみな出雲《いずも》に行ってしまわれる中、唯一残ってくださった恵比寿様に商売繁盛《はんじょう》と家内安全を祈願する。鯛《たい》や飯などをお供えして、親戚《しんせき》や奉公人、出入りの職人も招いて夜通し騒いで過ごすため、この日を楽しみにしている者は多い。

しかし、綾太郎はそれどころではない。大隅屋の跡継ぎとして自分の務めは果たしたものの、心ここにあらずだった。

どういう打掛にするか早く決めないと、実際の仕事に取り掛かれない。とはいえ、父を頼ることはできないし、世間は唐橋が心ならずも紀州屋のものになると思っている。

――ほんに、あやさまはわっちを見くびっておりんすこと。西海天女を身請けしたいと千両箱を積んだのが、重さまひとりと思いなんすか。

花魁、残念だね。

おまえさんを見くびっているのは、あたしだけじゃなかったよ。

通りすがりに「唐橋が気の毒だ」と言い合う連中を見かけるたびに、「勘違いしないでくれ」と言って回りたい気持ちになる。泣きの涙で嫌いな男に身請けされるような女なら、吉原一の花魁としてもてはやされるはずがない。

――わっちは今度の話を心から喜んでいるんざます。

唐橋は望んで紀州屋重兵衛に身請けをされるのだ。それを世間に知らしめるには、最後の花魁道中でしあわせそうな姿を見せるしかない。

そのためにはどんな打掛がいいのだろう。綾太郎は騒がしい座敷から抜け出してひとり中庭に足を運んだ。

寒くなると、夜空の星がよく見える。綾太郎は身震いして吉原のある北の空に目を向けた。

吉原では今夜のようなお祭り騒ぎが毎晩繰り広げられている。とはいえ、さすがの紀州屋も今晩は店にいるだろう。それとも恵比寿講をほったらかして、馳《は》せ参じているのだろうか。

そんなことを思っていたら、「おまえさん」と声がした。振り向くと、お玉がすぐ後ろに立っている。

「座敷にいらっしゃらないから、心配しました」

「酔った俊三がしつこく絡んでくるから、困って逃げてきたんだよ」

別に絡まれてはいなかったが、俊三が酔っていたのは本当だ。当たり障りのない言い訳にお玉はごまかされてくれなかった。

「そんなことを言って、本当は唐橋花魁の打掛について考えていたんでしょう。何かいい思案は浮かびましたか」

勘のいい妻も考えものだと綾太郎は目をそらす。座敷の灯りで人の形は見えるものの、表情までは見えないはずだ。

「ああ、恵比寿様のご利益でいい思案が浮かんだよ」

お玉に心配をかけたくなくてその場しのぎを口にする。実際、迷っている暇はもういくらも残っていない。

「冷えるから、座敷に戻ろう」

十月も半ばを過ぎて、夜の冷気は冬のものだ。しかし、お玉はその場から動こうとしない。

「やっぱり余一さんに手助けを頼んだほうがいいと思います」

「だから、それはできないんだよ」

お玉には澤田屋の差し金で、唐橋に関わる職人が襲われたことを教えていない。言えば、きっと父のように手を引けと言い出すだろう。お玉は丸髷《まるまげ》を結った頭を振った。

「おまえさんは余一さんの思案を聞かない限り、きっと先に進めません。だって、どんな考えが浮かんだところで、余一さんならもっとすごいことを思いつくって決めつけているんだもの」

「別に、そんなことは……」

ないと言おうとして、綾太郎は言葉をにごす。今まで気付いていなかったが、お玉の言う通りだった。

「余一さんは唐橋花魁にどんな打掛がふさわしいと思っているか。それを教えてもらうだけなら、手を借りたとは言えないでしょう」

「でも、余一はあたしに言ったんだよ。道中をした後、その打掛をどうするつもりなのかって」

簞笥の肥やしになることがわかっていて、手を貸してくれる相手ではない。綾太郎がかぶりを振っても、お玉は諦めない。

「だったら、道中が終わったあとの打掛の使い道も考えてもらえばいいんです」

「何だって」

「余一さんはきものの始末屋ですもの。使い道のなくなったきものを使えるようにするのだって仕事でしょう」

当たり前のように言いきられ、綾太郎は目を丸くする。そして、お玉に抱きついた。

「お玉、ありがとう。おまえは本当によくできた女房だよ」

大きな声を出してから、慌てて後ろを振り返る。

座敷のほうが騒がしくて、幸い気づかれなかったらしい。綾太郎は満面に笑みを浮かべ、真っ赤になったお玉と座敷に戻った。

翌朝、綾太郎は朝五ツ（午前八時）過ぎに櫓長屋へ押しかけた。お糸もいるかと思ったが、すでにだるまやへ出かけたようだ。

お糸ちゃんの加勢を期待して早めに出てきたってのに。いきなり当てが外れるなんて、初《しょ》っ端《ぱな》からついてないね。

腹の中でこぼしたが、このまま帰る訳にはいかない。

「今日はいってぇ何の用です」

綾太郎の顔を見たとたん、用件の察しはついたのだろう。尋ねる顔はいつも以上に機嫌が悪い。それでも綾太郎はひるまなかった。

「今日来た用は、唐橋花魁の打掛だよ」

「それならもう断ったはずだ。おれは一度着ただけで、使い捨てるものに興味はねぇ」

こちらの話をみなまで聞かず、余一が断りを口にする。その言葉を待っていたと、綾太郎はにやりとする。

「だから、使い捨てずにすむようにおまえさんが考えておくれ」

「どういうこった」

「一度しか着ないのがもったいないなら、どうやって始末するか、あらかじめ考えて誂えることにする。それなら、おまえさんだって手を貸す気になるだろう」

まだできていないきものの始末を頼まれて、さすがに面食らったらしい。相手が言葉を失った隙《すき》に、綾太郎は一気にまくしたてた。

「きものを箪笥の肥やしにするなと、おまえさんが言ったんだ。あたしもそう思うけれど、あいにく何に使えばいいかわからない。だったら餅《もち》は餅屋で、おまえさんに考えてもらおうと思ってさ」

去年、余一が始末した打掛は傷《いた》みがひどく、そのままでは着られないものだった。だから余一も心置きなく切り刻むことができたのだ。

しかし、今度は一度袖を通しただけの打掛である。さぞかし困るだろうと思っていたら案の定、目を覆って天を仰ぐ。

「おれは無駄な始末をできるだけしたくねぇんでさ」

「気が合うね。あたしもだよ」

「……新しい打掛を何に始末しろって言うんです」

「それを考えて箪笥の肥やしにしないのが、きものの始末屋の仕事だろう」

他人事《ひとごと》のように言いきれば、余一の口が一文字になる。腕を組んで考え込む職人に綾太郎は言った。

「世間は唐橋が今度の身請けを嫌がっていると思っている。あたしはそれが嫌なんだ。紀州屋が唐橋を手に入れたんじゃなく、唐橋が紀州屋を選んだんだって世間に教えてやりたいんだよ」

このままだと初代唐橋は「金の亡者に買われた気の毒な花魁」になってしまう。最後の道中でも見物人から憐《あわれ》みの目を向けられるだろう。誇り高い西海天女にそんな結末は似合わない。

「唐橋はしあわせになるために望んで紀州屋のものになる。その姿を見せつけてやりたいのさ」

かつて余一は「女ときものは何べんだって生き直せる」と言ったではないか。はったと睨みつけてやれば、余一がややして口を開く。

「だが、唐橋はおれが関わることを望んじゃいねぇ」

「花魁は嫁をもらったばかりのおまえさんに気を遣っているんだ。札差の澤田屋に目を付けられないように」

そして、唐橋の櫛、簪、高下駄を作った職人が襲われたことを教えると、余一の肩がこわばった。

「うちも澤田屋のことがわかったとたん、おとっつぁんが唐橋の打掛を断れと言い出してね。仕事に入ったら、数寄屋町の親分に目を光らせてもらうことにしたよ」

「……どうして断らねぇんです。腕のいい職人は呉服屋にとって宝のはずだ。唐橋だって事情を知れば」

「そんなことをしたら、澤田屋の思う壺《つぼ》じゃないか。あたしは唐橋にしあわせになって欲しいんだ。見くびらないでおくれ」

むきになって遮ると、余一の口元がゆっくり綻《ほころ》ぶ。もしもお糸がここにいたら、きっと惚れ直しただろう。

「だったら、唐橋に花嫁衣装でも着せやすか」

「何だって」

何気なく言われた思案を聞いて、綾太郎は目を剝《む》く。そして「それはちょっと」と口ごもった。

「中の小袖はともかく打掛が真っ白ってのはどうだろう。毎年八朔《はっさく》に、吉原中の女郎が白無垢を着るじゃないか」

すでにあるものでは、世間はびっくりしてくれない。首を左右に振ると、余一が肩をすくめた。

「白無垢の花嫁衣装なら、後の始末が簡単だと思ったんだが」

唐橋のためを思ってではなく、自分が楽をするためか。もっと真面目《まじめ》に考えろと綾太郎は余一を睨む。

「手抜きをしたら承知しないよ」

「そういうつもりじゃねぇんだが……白無垢が駄目なら、せめて花嫁らしく帯を後ろで結びやすか」

女が帯を前で結ぶのは亭主持ちの印である。だからこそ、吉原の女は「今宵の客の一夜妻」として帯を前で結ぶのだ。

「唐橋は突き出してから帯を後ろで結んだことはねぇはずだ。吉原での最後の客は紀州屋だろうし、後ろで結んでも構わねぇでしょう」

「ああ、そうだね。その通りだよ」

そっけない余一と違い、綾太郎は興奮してしまう。こういう一味違う思案が出てくるから、つい頼りたくなってしまうのだ。

「後は打掛だけど、大輪の花はやめたほうがいい。『いろはの打掛』より見事なものは用意できないからね」

「確かに。ああいう打掛は一番始末に困りやす」

「………」

「ところで、若旦那はどんな打掛がいいと思うんです」

ここで黙っていたら、余一は始末のしやすさだけで打掛の柄を決めそうだ。綾太郎は今まで考えたことを口にした。

「初めはとにかく豪華な柄がいいと思って、鳳凰とか龍を思い浮かべてみたんだよ。でも、唐橋が着るには猛々しすぎるし、鶴や鷺だと地味になるし」

「なるほど」

「天女の柄も考えたけど、今ひとつ工夫がない気がしてさ。おまえさんはどう思う」

ためらいがちに尋ねると、余一は顎に手を当てた。

「そうですね。天女がぴんとこないなら、いっそ花魁道中をそのまま柄にしちまったらどうですか」

打掛の背一面に唐橋の花魁道中を描く。それは本人以外決して着ることのできない打掛になるだろう。綾太郎は思っただけでわくわくしてきた。

「帯を背で結び、打掛の背には花魁道中が描かれているなんて。見物している連中はさぞかしびっくりするだろうね」

大きな声を出してから、綾太郎は余一に聞いた。

「それで、花魁道中の打掛はどう始末するのさ」

柄が全体に散っているものなら、切り刻んで始末もできる。だが、背中一面に花魁道中が描かれていたら、そういう訳にいかないだろう。

「そいつは始末が終わってからのお楽しみでさ」

余一は片頬《かたほお》だけで笑った。

六

「古着の始末屋の出る幕はない。わっちはあやさまにそう言ったはずざます」

その日の昼過ぎ、考えがまとまった綾太郎は渋る余一を連れて西海屋にやってきた。しかし、余一を見たとたん、唐橋は柳眉《りゅうび》をつり上げる。

「それとも、大隅屋は古着の始末屋の手を借りないと、きものを誂えられないとおっせぇすのか」

その言葉の意図するところは、「さっさと余一を追い出せ」ということだろう。綾太郎は頭を下げた。

「その通りだよ。花魁に最高の打掛を着てもらおうと思ったら、余一の手を借りない訳にはいかなかった」

「あやさま」

「花魁は余一を巻き込みたくなかったんだろう。だが、澤田屋のことは知っている。職人がならず者に襲われたりしないように、数寄屋町の親分に守ってもらうから安心しておくれ」

先回りして答えれば、唐橋が青ざめる。そして、申し訳なさそうに目を伏せた。

「澤田屋のことを知っていて……それでも、わっちの打掛を引き受けてくださるのでありんすか」

「うちは呉服屋だもの。きものを誂えたいと言われたら、引き受けるに決まっているじゃないか」

わざと明るく答えたとたん、唐橋が両手をついた。

「堪忍しておくんなんし。わっちは迷惑をかけると知りながら、あやさまに打掛を頼みんした」

「謝らなくてもいい。花魁はちゃんと『とばっちりがいくかもしれない』と教えてくれただろう」

唐橋は澤田屋が職人を狙うことをあらかじめ察していたのだ。だから、余一を関わらせないようにした。それを知って余一を妬《ねた》んだり、唐橋を恨んだりするほど、自分は子供ではない。

「それに、余一は打掛を作るときにはほとんど関わらない。手を出すのは、最後の道中が無事に終わってからなのさ」

どういう打掛にするか決まってしまえば、あとは大隅屋に出入りしている職人の仕事である。余一に付き合ってもらうのは、おおまかな下絵を描くところまでだ。

綾太郎の説明に唐橋は目をしばたたく。そして、余一のほうを見た。

「道中が終わってからって、どういうことでありんすか」

「おれが『一度しか着ねぇきものに用はねぇ』と言ったら、『あらかじめ始末することを考えて、打掛を作ればいい』と言い返された」

今朝のやり取りを思い出したのか、余一は苦笑いを浮かべている。唐橋は一瞬言葉をなくし、すぐにころころと笑い出す。

「道中が終わったら始末をすると、勝手に決めてしまうなんて」

「不服かい？　文句だったら余一に言っておくれ」

余一がどんな始末をするか、綾太郎としては見てみたい。とはいえ、唐橋が望まないなら、始末をすることはできないだろう。ちらりと余一のほうを見れば、あいかわらずの仏頂面だ。

「打掛は花魁のもんだ。花魁が嫌なら始末はしねぇ」

余一がそう答えたとき、いきなり襖が開いて男が入ってきた。

「いや、ぜひ始末をしてくれないか。堅気の町人が打掛なんて持っていても、使い道がないからね」

男はそう言って、当たり前のように唐橋の隣に腰を下ろす。

年の頃なら五十過ぎ、首は短く身体はごつく、顔は日焼けで真っ黒だ。着ている茶の結城紬《ゆうきつむぎ》はまだ新しそうなのに、袖口や膝の辺りだけ生地が光ってしまっている。高価で丈夫な結城紬をこんなふうに着潰すなんて——綾太郎は呉服屋として腹を立て、商人として感心した。

きっとこの人は大店《おおだな》の主人となっても頻繁に膝をつき、奉公人の先に立って働いているのだろう。後ろに回れば、尻の辺りも生地が薄くなっているに違いない。

見る目の厳しい唐橋が「重さまならば信じられる」と言うはずだよ。そんな商人を骨抜きにした花魁もたいしたものだけど。

綾太郎はひとり納得して恐る恐る声をかける。

「あの、紀州屋の旦那《だんな》でしょうか」

噂通り垢抜けない男は盛大に口の端を上げた。

「ああ、わしが紀州屋の主人で重兵衛という。おまえさんは大隅屋さんの跡継ぎだね」

「はい、綾太郎と申します」

「唐橋から話は聞いている。面倒をかけてすまないね。澤田屋さんはしつこくて好かないよ」

あっけらかんと返されて、綾太郎は目を見開く。初対面の自分にそんなことを言うとは思わなかった。

「そっちの色男はきものの始末屋さんか」

「へえ、余一と言いやす。花魁にはもっぱら染み抜きや仕立て直しを頼まれてやした」

「それで今度は始末することをあらかじめ考えて、きものを誂えることになった訳か。いったいどんな始末をするんだい」

気になって仕方がないと言いたげに、紀州屋が身を乗り出す。余一はその隣にいる唐橋のほうを見た。

「わっちの知らぬ間に話が進んだのは癪だけど、どんな始末をしてくれるのか、わっちも楽しみざます」

改めて許しを与えられ、綾太郎はほっとする。紀州屋は何を思ったのか、余一の顔をじっと見ていた。

「使わなくなったときのことを考えてきものを作る、か。わしはそんなことを考えたこともなかったな」

「何をおっせぇすか。重さまはいつもそれと似たようなことをなさっておりんす」

唐橋によれば、紀州屋は常に山のことを気にしているらしい。山に植えた木は一年や二年で材木にできる訳ではない。

だが、ひとたび大きな火事が起きれば、大量の材木が必要になる。そこで紀州屋は江戸の天気や風向きはもちろん、実家の山だけでなく、他人の持っている山の木の育ち具合にまで目を光らせているという。

「目先のことに囚《とら》われるな。今やっていることはのちの世のための種まきだ。それが重さまの口ぐせではありんせんか」

微笑《ほほえ》む唐橋に紀州屋は照れくさそうに顎をかく。

一代で成り上がるには、そこまで広く目配りをしなくてはならないのか。紀州屋が日に焼けているのは、頻繁に山を見に行くからだろう。

――紀州屋さんは花魁のためなら金を惜しむ気はないらしい。特に最後の道中は

「のちの世まで語り草になるようなものにしたい」と意気込んでいる。楼主も唐橋の名を若い女郎に継がせるつもりでいるようだ。

ひょっとしたら、唐橋の身請けを派手にするのも「のちの世のための種まき」なのかもしれない。吉原が活気づけば、江戸の景気がよくなる。この人は儲けた金を吐き出して、金の巡りをよくしようとしているのだ。

心底感心していたら、不意に紀州屋と目が合った。

「唐橋の打掛を楽しみにしていたが、思いがけずその先の楽しみもできた。二人とも、どうかよろしく頼みます」

「はい」

綾太郎が返事をする横で、余一は黙って頭を下げた。

菊の縁《えにし》

一

おみつには誰にも言えない「秘密」がある。

恩人にして主人であるお玉が駆け落ち者の孫だなんて、他人に知られる訳にはいかない。お玉の嫁入りに従って大隅屋の奉公人になってからは常に気を張っていた。

だから九月五日の昼下がり、綾太郎の発した言葉の意味はすぐにわかった。

「ここだけの話だが、あたしも桐屋さんの素性《すじょう》を知っているんだ」

何も知らない者が聞けば、「嫁の実家の素性くらい知っていて当然だ」と訝《いぶか》しく思うだろう。だが、綾太郎はおみつに向かって「あたしも」と口にした。表向きではなく、隠された素性を知っていると言っている。

いったい誰からそのことを……綾太郎が知っているのなら、大隅屋の主人夫婦も当然知っているはずだ。おみつは恐れおののくあまり、まともに呼吸《いき》もできなくなった。

お玉は今、姑《しゅうとめ》のお園と菊を見に行っている。芝口の酒屋、武蔵屋《むさしや》は「菊酒屋《きくざけや》」と呼ばれており、庭には見事な菊の花が所狭しと並んでいるという。

梅や桜のように見上げる花見もいいけれど、見下ろす鉢植えの花もいい。特に朝顔と菊はたいそう江戸っ子に人気がある。おみつも菊は好きだったが、綾太郎に人知れず礼を言いたくて店に残った。

いろいろ迷惑をかけたこと、若旦那《わかだんな》の言葉のおかげで余一を思い切れたことをきちんと伝えておきたかった。こんなことを聞かされるとは夢にも思っていなかった。

一緒になったきっかけは親の都合であったとしても、お玉は夫に惚《ほ》れている。綾太郎だって妻のことを憎からず思っているはずだ。それでも店の障《さわ》りになると思えば、きっとお玉を追い出すだろう。

己の祖母が駆け落ち者だとお玉は知らない。京の老舗《しにせ》呉服問屋、井筒屋の血を引いているということも。

大好きな祖母のせいで離縁されることを知れば、お玉がどれほど傷つくか。目の前が真っ暗になったとき、若旦那が焦った様子で身を乗り出した。

「そんな顔をしなくても、大隅屋でこのことを知っているのはあたしだけだ。桐屋のおとっつぁんにおまえも知っていると言われたから、教えておこうと思ってね」

では、大隅屋の主人夫婦は知らないし、教えるつもりもないと言うのか。おみつはにわかに信じられず、無言で綾太郎を見返した。

「これからはあたしがお玉を守る。井筒屋のことで何かあれば、必ずあたしにも教えておくれ」

そう言ってくれるのはうれしいが、果たして信じていいものか。子ができてから別れるよりは、今のうちに出戻ったほうがお玉の傷も浅いだろう。

おみつはしばしためらった末、もっとも気がかりなことを口にした。

「若旦那はそれを誰から聞いたんですか。桐屋の旦那様が自ら打ち明けられたんでしょうか」

この「秘密」を知っているのは、お玉の父の光之助と自分の他は、井筒屋の主人だけのはず。綾太郎はさっき「桐屋のおとっつぁん」と言ったけれど、光之助が命取りになる「秘密」を進んで打ち明けるとは思えない。

井筒屋がお嬢さんを手に入れたくて、若旦那に告げ口したんじゃないかしら。

固唾《かたず》を呑《の》んで見つめていれば、綾太郎が言葉を濁して顎《あご》を引く。歯切れの悪い様子からして、自分の勘は当たったようだ。

綾太郎は井筒屋からお玉の出自を聞き、舅《しゅうと》の光之助を問い質《ただ》したのだ。光之助は婿《むこ》を信じてすべてを打ち明けたに違いない。

桐屋の旦那様が信じたのなら、あたしも若旦那を信じよう。そう腹をくくったとき、かつて綾太郎に言われたことを思い出した。

——隠し事は自分の都合でするとは限らないだろう。面白半分に手を出して、取り返しのつかないことになったらどうするんだい。他人の人生がめちゃくちゃになることもあるんだぞ。

あれは後藤屋の大旦那に会ったことを隠そうとする若旦那に疑いを抱いていたときだ。たぶん、あの頃すでにお嬢さんの秘密を知っていたに違いない。

大隅屋に来てからひとりで不安と闘ってきた。お玉を井筒屋に行かせまいとして、何も知らない綾太郎に睨《にら》まれたこともある。お玉とお園の醜聞が瓦版《かわらばん》に書かれたときは、「井筒屋の差し金に違いない」と口にできずに歯嚙《はが》みした。

しかし、これからは綾太郎に相談することができるのだ。

「お嬢さんの素性をお知りになったら……若旦那はお見捨てになるだろうと思っていました」

気が緩んだせいでうっかり本音を漏らしてしまい、「おまえはあたしのことをずいぶん見くびっていたんだね」と返される。その通りなので黙っていたら、さらにうれしいことを言われた。

「お玉は何も悪くないのに、離縁なんかしやしないよ」

妻や娘に非がなくたって追い出す男は大勢いる。なんて頼もしいのだろうと、おみつは綾太郎を見直した。

「……ありがとうございます。どうか、どうか末永くお嬢さんをよろしくお願い申しあげます」

思わずその場にひれ伏せば、さも嫌そうな声を出された。

「やめておくれよ。こんな姿を見られたら、あたしがおまえを叱《しか》っているように思われるだろう」

人が感激しているのに、そういう言い方はないだろう。おみつは顔をしかめたはずみに言うべきことを思い出す。

「早速ですが、気になることがあったんです。井筒屋の主人が余一さんに仕事を頼んだみたいです」

呉服屋は古着屋と違い、きものの始末屋に用はない。京の老舗の呉服屋が余一に目を付けたのは、神がかった「何でも屋」の腕前を聞きつけたからに決まっている。

綾太郎も同じことを思ったらしく、たちまち顔色を悪くした。

「もちろん、余一さんは断ったと言っていました。でも、井筒屋のすることですから、すんなり諦《あきら》めてくれるかどうか」

余一はお糸の亭主だし、お玉や自分も頼りにしている。下手《へた》に井筒屋につきまとわれて、近寄りにくくなるのは困る。若旦那なら井筒屋を追い払うことができるのでは――淡い期待は綾太郎の一言で吹き飛んだ。

「桐屋の秘密を余一に漏らしていないだろうね」

疑いの目を向けられて、頭のてっぺんに血が昇る。おみつは目をつり上げて、若旦那に嚙《か》みついた。

「そっちこそ見くびらないでくださいまし。あたしはたとえ殺されたって、お嬢さんを裏切ったりするもんですかっ」

余一の前で取り乱し、お玉と井筒屋に因縁があることは知られてしまった。だが、肝心なことは一言だって言っていない。余一だっておみつの立場を思いやり、何も聞かずにいてくれたのに。

綾太郎はすぐに謝ったが、おみつの怒りは収まらない。たった今上がった若旦那の株はあっという間に下がってしまった。

「井筒屋のことで何かあれば、必ず若旦那にお知らせします。ですから、若旦那もお嬢さんに関《かか》わることはすべて教えてくださいまし」

おみつは緩みかかった気持ちの紐《ひも》を新たに締め直すことにした。


その日の夕方、お園とお玉は立派な白い菊の鉢を抱えて帰ってきた。

「おみつ見てちょうだい。この菊ならどんな邪気でも払えそうでしょ」

九月九日の重陽の節句は、菊を飾り、菊の花びらを浮かべた酒を飲んで長寿を祈る。いいものをもらったと、お園は上機嫌である。

「さすがは『菊酒屋』と呼ばれる武蔵屋さんね。庭に色とりどりの菊の鉢がずらりと並んで、本当に見事だったわ。中には菊に見えない変わった形のものもあってね。おみつも連れていけばよかった」

人気のある菊や朝顔は頻繁に花合わせが行われ、花の色や形が変わったものがすぐれているとされる。武蔵屋には好事家《こうずか》がうらやむような値の張る菊があるのだと、なぜかお園が自慢げに言う。

毎年九月九日に、武蔵屋は店に来た客に菊酒を振る舞う。その酒を目当てに大勢の客が押しかけるとか。

「若御新造《ごしんぞ》に子ができたのだって、きっと菊のご利益よ。うちも武蔵屋さんにあやかりたいわ。ねぇ、お玉」

なに食わぬ顔で子供のことを匂《にお》わされ、お玉の顔がかすかにこわばる。

長寿を願う花と子授けは関係ないじゃない。腹の中で言い返し、おみつはすかさず話に割り込む。

「あたしは菊酒より菊なますのほうが好きですけど」

「おみつはいつまで経《た》っても、色気より食い気ねぇ。そんなことを言っていたら、嫁に行き遅れるわよ」

「望むところでございます。あたしは一生お嬢さんのそばを離れませんから」

お園が余一に振られた自分を案じてくれているのは知っている。その気持ちはありがたいが、押しつけられては迷惑だ。

若旦那が本気でお嬢さんに惚れていることもわかったし、お糸ちゃんや余一さんだっている。この先何かあったって手を貸してくれる人はいるんだから。

「たとえ一生独り身でも、さみしくなんかありません」

「本当におみつはお玉ひとりが大切なのね。泣かせると大変なことになるって、綾太郎に言っておくわ」

苦笑するお園におみつは黙って頭を下げた。

そして、武蔵屋にもらった菊もはかなく散った十月二日、九ツ半（午後一時）になろうという頃《ころ》、おみつはお園から遣いを頼まれた。

「いい小豆《あずき》が手に入ったから、芝口の武蔵屋さんに届けてちょうだい」

渡された布袋はずしりと重い。通町から芝口まではおよそ半里（約二キロ）の道のりである。

これほど重いものならば、手代に頼んでくれればいいのに。おみつは恨めしく思ったものの、愛想よく返事をする。

「はい、かしこまりました」

「先月いただいた菊のお礼なの。遅くなって申し訳ありませんと、武蔵屋の御新造さんに必ず伝えてちょうだい」

「はい」

「できればもう少し間を空けたかったけれど、これ以上遅くなるのも失礼だしね。わかっていると思うけれど、子供のことに触れては駄目よ。噂《うわさ》が少し下火になっても、御新造さんは気に病んでいるはずだから」

路考茶《ろこうちゃ》の小袖《こそで》に光琳松《こうりんまつ》の帯を締め、お園は厳しい顔つきで念を押す。

先月、「若御新造に子ができた」とうらやましそうに言っていたのに、今月は「子供のことに触れては駄目よ」とはどういうことか。

きっと、若御新造さんのお腹《なか》の子は流れてしまったに違いない。おみつはひとり合点して口を開く。

「子が流れたばかりなら、小豆はまずくありませんか」

小豆は祝いに付き物だから、失礼に当たる恐れがある。気を利かせたつもりで言えば、お園が口に手を当てた。

「あら、嫌だ。武蔵屋さんの若御新造は子を流してしまったの？」

「違うんですか？　御新造さんが子供のことに触れるなとおっしゃるから、あたしはてっきりそういうことかと」

思わぬ返事にうろたえると、今度は呆《あき》れた顔をされた。

「菊酒屋の醜聞を知らないなんて、おみつの耳はまるで役に立たないのね。お玉や他の奉公人はみな知っているのに」

「申し訳ありません。あたしは世間の噂に疎《うと》くって。武蔵屋さんで何があったんでございますか」

お玉付きで新参のおみつは親しい奉公人がいない。お玉は知らない相手の噂なんて伝えるまでもないと思ったのだろう。

お園は顎に手を当てて、しばらく考え込んでいた。

「だったら、他の者に頼んだほうが……いえ、この際だからおみつも知っておきなさい。ただし、他言は無用です」

おみつに念を押してから、お園は厳しい顔つきで「菊酒屋の醜聞」を語り出した。

武蔵屋の跡取りは四年前に嫁をもらったものの、三年経っても子ができず、去年の春に離縁した。そして、暮れに二度目の嫁を取ったという。

「私も会ったことがあるけれど、最初の嫁は浮わついた娘気分の抜けない人でね。姑のお志麻《しま》さんは一年目から実家に帰したがっていたの」

したり顔で言うお園の着道楽と遊び好きは世間に知られた話である。自分のことは棚に上げて勝手なことを言うものだ。

「でも、若旦那は器量よしの妻との離縁を嫌がってね。三年子ができなくて、ようやく親の言葉に従ったのよ」

最初の嫁は仲人口《なこうどぐち》で、浅草《あさくさ》にある大きな料理屋の娘だったらしい。それに懲《こ》りた御新造は知り合いの娘を二人目の嫁に迎えたそうだ。

「お露《つゆ》さんは木挽町《こびきちょう》にある薪炭《しんたん》問屋のお嬢さんで、子供の頃からよく知っていたんですって。だったら、初めから一緒にすればよさそうなものだけど、器量好みの若旦那が嫌がったらしいのよ」

しかし、見た目のいい妻に振り回されて若旦那も大人になったのか、美人とは言えないものの舅姑《しゅうとしゅうとめ》によく仕え、夫の世話にも心を砕く二度目の妻を気に入った。そして、今年の八月半ばにお露の懐妊がわかったという。

「武蔵屋さんに菊を見に行ったときは、すべてうまくいっていたの。前の嫁を離縁してお露を迎えてよかったって、お志麻さんは満足そうに言っていたわ」

では八月末に子授け祈願に行かされたのは、武蔵屋に子ができたからか。同じ時期に祝言を挙げたから、後れを取った気になったのだろう。

子供は授かりものだもの。姑同士の張り合う道具にしないでちょうだい。

おみつはおとなしく相槌《あいづち》を打ちつつも、腹の中で文句を言った。

「ところが、重陽の節句が終わるなり、離縁した嫁が武蔵屋に乗り込んできたの。しかも人目を憚《はばか》ることなく、『今の夫の子を身籠《みご》った』と店先で騒いだものだから、若旦那の面目は丸潰《まるつぶ》れよ」

大きな酒屋の店先にはたくさんの客がいただろう。その場の騒ぎが眼《め》に浮かび、おみつは大きく開いた口を手で隠す。

人前でそんなことを言うなんて商売女さながらね。武蔵屋の嫁になるくらいだから、育ちは悪くないはずなのに。

返す言葉に困っていると、お園が眉間《みけん》を指で押さえた。

「前の嫁は今年の春、一回り以上年の離れた相手に嫁いだんですって。石女《うまずめ》じゃないことがわかって、自分を追い出した嫁ぎ先に文句を言いたくなったんじゃないかしら」

大店《おおだな》の嫁の一番の仕事は跡継ぎを産むことだ。石女の噂が立てば、すでに跡継ぎのいるところへ嫁がざるを得なくなる。

なるほど、そういうことならば恨みたくもなるだろう。そして、おみつはこの話を聞く前に命じられたことを思い出す。

「世間に恥をさらして、武蔵屋の御新造さんが気落ちするのはわかります。ですが、なぜ子供のことに触れてはいけないんですか」

今回の醜聞と二度目の嫁——お露の腹の子は関わりない。おみつが首をかしげると、これ見よがしに嘆息された。

「にぶいわねぇ。最初の嫁は石女ではなかったのに三年身籠らなかったのよ。子ができなかったのは、亭主のせいってことじゃないの」

だから、「若旦那の面目は丸潰れ」で「菊酒屋の醜聞」なのか。言葉の意味が明らかになり、おみつは頰《ほお》を張られた気がした。

「それじゃ、お露さんの腹の子は」

「不義をしてできた、武蔵屋の血を引かない子。面と向かって言う人はいなくても、世間はそう思っているようね」

前の嫁しかり、今の嫁しかり……男女のことでより傷つくのは、決まって女のほうである。どちらも同情する余地はあるけれど、おみつは浮わついていたという前の嫁より、今の嫁の肩を持ちたくなった。

「一緒になって五年目に子を授かる夫婦もいます。前のお嫁さんと三年子ができなかったからって、武蔵屋の若旦那に子種がない、今のお嫁さんが不義を働いたと決めつけるなんて乱暴です」

「おみつの言い分もわかるけれど、世間が怪しむのも無理はないわ」

「若旦那と若御新造さんはうまくいっていたとおっしゃったじゃありませんか。夫に惚れている妻が裏切るはずがありません」

むきになって言い募ると、お園が膝《ひざ》に目を落とす。

「私だってお露さんに限ってと思っているの。でも、武蔵屋の御新造さんの立場なら、疑って当然でしょう」

「御新造さん」

「もしも裏切られていたら、赤の他人の子に代々続いた身代を譲ることになるんだもの。考えただけでぞっとするわ」

身を震わせたお園を見て、おみつはふと考えた。

お玉と綾太郎の間に子が生まれ、そのあとでお玉に駆け落ち者の血が流れていると知ったら……お園は何と言うだろう。大隅屋の跡継ぎにふさわしくないとして、お玉と孫を追い出すのか。

若旦那は親に逆らってでも、お嬢さんを守ってくれるかしら。

おみつは突如湧《わ》き上がった不安に背筋を震わせた。

二

寒さが増していくせいか、神無月《かんなづき》はもの悲しい。

お天道様《てんとさま》は日に日に顔を隠すのが早くなり、干した洗濯物の乾きも悪くなる。

霜月《しもつき》や師走《しわす》に入ってしまうと、今年もじきにおしまいだと焦る気持ちが強くなる。

だが、その手前の神無月は何となくぼんやりしてしまう。

この月の楽しみと言ったら恵比寿講に尽きるけど、武蔵屋さんはそれどころではないでしょうね。

おみつは風呂敷《ふろしき》に包んだ小豆の袋を両手で抱え、通りを南へと歩いていた。日本橋《にほんばし》から芝口橋へ向かう一本道は、人の行き来が多いところだ。忙《せわ》しなく大八車や屋台が行き交い、乾いた地べたから土埃《つちぼこり》が舞い上がる。

今の時期は晴れ間が続く代わりに、埃っぽくなるのが厄介である。おみつは顔をしかめながら、これから訪ねる武蔵屋のことを考えた。

子種がないなんて噂が立ち、若旦那はさぞ情けない思いをしているだろう。とはいえ、若旦那がしっかりしていないから、こんな騒ぎになったのだ。

長年連れ添って子ができなければ、「石女」と呼ばれても仕方がない。が、たった三年で決めつけられては、前の嫁が気の毒だ。せめて「家風に合わない」と言って別れていれば、身籠っても乗り込んでこなかったろう。

――武蔵屋の御新造さんの立場なら、疑って当然でしょう。

お園は姑の肩を持つが、おみつは賛成できなかった。

武蔵屋の御新造はよく知っているお露を見込んで跡継ぎの嫁にしたはずだ。世間がどれほど勘繰ろうとも、信じてやるべきである。

大店の嫁は簡単に間男なんて作れやしないわ。同じ立場の御新造さんならわかりそうなものじゃないの。

小商いと違い、大店の嫁は夫ばかりか、舅姑と奉公人に見張られている。ちょっと外出するときでさえ、必ず奉公人が付き従う。ひとりで店を抜け出して男と通じるなんて至難の業だ。

おみつの継母は不義を重ねていたけれど、小さな青物屋だからできたのである。

――お喜多《きた》の浮気なら、亭主はとっくに知っているぜ。

継母の浮気相手だった千吉の言葉を思い出し、おみつは我知らず眉を寄せた。あれは去年の夏のことだ。

父と継母は今も互いを裏切って、何食わぬ顔で暮らしているのか。もしそうなら、二人と暮らしている弟はどんな思いでいるだろう。

おみつにとって継母は赤の他人でも、弟は父と継母の血を引いているはずである。

――神に縋《すが》って産み落としておきながら、夫婦の都合で売り飛ばす。まったく罪作りだと思わねぇか。

八月末の山王《さんのう》様の境内《けいだい》で、千吉はそう吐き捨てた。

子供は親の都合で容赦なく振り回される。お露の腹にいる子はこの先どうなってしまうのか。

ふと足を止めたとき、後ろからすごい勢いで大八車が追い越していく。おみつは身をすくませて、舞い上がった土煙に咳《せ》き込んだ。

「乱暴だねぇ。売り物に土や埃が入っちまうよ」

怒った声に振り向くと、屋台で煮物を売っている女が鍋《なべ》の蓋《ふた》を押さえている。大八車が通る前は蓋を開けていたらしい。

「どこの誰《だれ》だかわかったら、文句を言いに行ってやる」

「諦めなって。言いがかりをつけるなと居直られるのが関の山さ」

そばにいた客らしき女が肩を叩《たた》いてなだめている。屋台の女は腹の虫が治まらないのか、右手の杓子《しゃくし》を振り回した。

「ああ、悔しいっ。動かぬ証《あかし》があればねぇ」

ありふれたやり取りを聞きながら、おみつの胸はひやりとした。

腹の子の父親が誰かなんて証を立てる術《すべ》はない。母親が真実を告げたところで、疑われたらそれきりだ。

赤の他人の言うことならば、疑われても仕方がない。しかし、夫婦や義理の親子であっても信じてもらえないなんて。

おみつは腕に抱えた小豆よりも心が重くなった気がした。

武蔵屋に着いたのは、八ツ（午後二時）を過ぎたところだった。母屋《おもや》の座敷で座っていると、ぼかしの入った銀鼠《ぎんねず》の地に遠山《とおやま》の裾《すそ》模様のきものを着て、浅黄《あさき》の地に遠《えん》州椿《しゅうつばき》文様の帯を締めた御新造のお志麻が現れた。

折り合いの悪い嫁を追い出したというだけあって、さすがにきつい目つきをしている。着ているきものもお園と親しくしているせいか、いかにも値が張りそうだ。相手が上座についてから、おみつは深く頭を下げた。

「大隅屋の奉公人でみつと申します。今日は御新造のお遣いで、頂戴《ちょうだい》した菊のお礼を届けに参じました」

重い小豆の袋をうやうやしく差し出せば、御新造は袋の口を開けた。

「まあ、立派な小豆だこと。お園さんによろしく伝えてちょうだい」

決まりきった礼の言葉にうれしそうな響きはない。おみつは「はい」と返事をしてから、言い忘れたことを思い出す。

「あの、お礼が遅くなって申し訳ないと御新造さんが申しておりました」

「わざわざご丁寧に。ところで、おみつさんだったわね」

「はい」

「大隅屋の若御新造はお元気かしら」

どうして武蔵屋の御新造がお玉のことを気にするのか。とまどいながらも「おかげさまで変わりなく過ごしております」と答えれば、相手は「いいわねぇ」と呟《つぶや》いた。

「お玉さんは紙問屋の娘で、あの後藤屋の御主人の姪《めい》でしょう。器量よしで、姑の言うことにも逆らわないようだし、お園さんはいい嫁をもらったわ」

器量はともかくお露だって薪炭問屋の娘だろう。まして二度目の嫁ならば、文句を言える筋合いではない。

どうせ、本両替商後藤屋と縁続きになりたいだけじゃないの。うちのお嬢さんの「秘密」を知れば、いい嫁だなんて口が裂けても言わないくせに。

おみつは不機嫌を押し隠し、「恐れ入ります」と頭を下げる。

「うちの息子はどうしてこう女運が悪いのかしら。綾太郎さんとお園さんが本当にうらやましいわ」

ここの若旦那は女運が悪いんじゃない。

武蔵屋に嫁いだ娘たちの男運が悪いのよ。

どこまでも身勝手な相手におみつは腹の中で悪態をつく。御新造はため息をついてから、とんでもないことを言い出した。

「やっぱり血は争えないってことなのね。お玉さんの知り合いで、誰かいいお嬢さんはいないかしら」

まさか、身重のお露を離縁して三度目の嫁を取ろうというのか。おみつは顔を引きつらせ、「あいにく存じません」と返事をした。

「主人は菊が邪気を払うと言うけど、嘘《うそ》ばっかり。お露を迎えて武蔵屋はようやくうまくいくと思ったのに」

これ以上何か言われたら、言ってはいけないことを言ってしまう。胸騒ぎに急《せ》かされて、おみつはすばやく頭を下げた。

「御新造さん、申し訳ありません。長居をしてはいけないと申しつけられていますので、そろそろ失礼いたします」

相手の返事を待つことなく、失礼を承知で立ち上がる。そそくさと廊下を歩いていると、庭の隅にまだ咲いている菊の鉢が並んでいた。

――さすがは『菊酒屋』と呼ばれる武蔵屋さんね。庭に色とりどりの菊の鉢がずらりと並んで、本当に見事だったわ。

先月はもっとたくさん咲き乱れていたのだろう。重陽を過ぎて咲き残る菊は、確か「残菊《ざんぎく》」と呼ばれるはずだ。

黄色や白の見慣れた菊の他に、臙脂《えんじ》と橙《だいだい》が混ざったような色合いのものや薄紅色のものもある。花びらの形も糸のように細いものから茶杓《ちゃしゃく》のようなものまであって、枚数だって様々だ。

日頃目にしない豪華な菊の群れにおみつは目を奪われた。

――主人は菊が邪気を払うと言うけど、嘘ばっかり。お露を迎えて武蔵屋はようやくうまくいくと思ったのに。

これほど見事な菊でも払えないなんて、武蔵屋はどれほど業が深いのか。おみつは廊下の端で身を乗り出し――菊の鉢の陰にうずくまる女を見つけた。

これがもし男なら、盗人《ぬすっと》かと怪しんだろう。だが、女は見るからに具合が悪そうで、別の意味で気にかかる。

近づいて声をかけたくても、自分の履物はここにない。とっさに辺りを見回したが、奉公人の姿もない。おみつはしばしためらった末、裸足《はだし》で庭に飛び降りた。

「あの、具合が悪いんですか」

すぐそばで見た女の顔は紙のように白い。おみつが慌てて背中をさすると、弱々しい声が返ってきた。

「……どなたか存じませんが、ご親切にありがとうございます。あの、あたしは、大丈夫ですから」

遠回しに「放《ほう》っておいてくれ」と言われても、あいにく従うつもりはない。すでに足の裏は汚れてしまった。

「立っていることもできないのに、どこが大丈夫なんですか」

女の頬はげっそりとこけ、肩で息をしている。手加減せずに言い返せば、相手は手ぬぐいで口を押さえた。

「これはつわりなので……病気では、ないんです。菊を見ていたら、ちょっと、めまいがしただけで」

では、この人が武蔵屋の若御新造のお露さんか。相手の素性がはっきりして、ますます放っておけなくなる。

「つわりならなおのこと、こんなところにいてはいけません。地べたにしゃがみ込んでいたら、お腹を冷やしてしまいます」

お天道様は輝いていても、吹く風は肌に冷たい。表でじっとしていたら、身体《からだ》がますます冷えてしまう。かがんで肩を貸そうとしたが、お露はおみつに摑《つか》まって立ち上がることさえできなかった。

　これでまたあたしは大隅屋の御新造さんに大目玉を食らうのね。

　我ながら馬鹿だと思いつつ、おみつは母屋に向かって声を上げた。

「誰か来てください。若御新造さんが大変です」

　武蔵屋ほどの大店なら、母屋のどこかに女中がいる。仮に誰もいなくても、座敷にいる御新造には聞こえたはずだ。

　しかし、助けを求めるおみつの声に応《こた》える者はいなかった。

　どうして誰も出てこないの。身重のお露さんが心配じゃないのかしら。

　おみつが訝しく思ったとき、ふとさっきの言葉が頭をよぎった。

　――お玉さんの知り合いで、誰かいいお嬢さんはいないかしら。

　御新造が本気で三度目の嫁を望んでいたら、お露と腹の子は邪魔者だ。子が流れたらむしろ幸い、いっそお露も死ねばいいとでも思っているのか。

　いや、いくら何でもそれはないと打ち消してみたものの、物騒な疑いは消えなかった。孫と嫁が大事なら、どうしてお志麻は出てこない。

　無言で立ちすくんでいると、お露が泣きそうな声を出す。

「あの、大丈夫、です……あたしは、ここで休んでいます……お願いですから、放っておいて……」

見ず知らずの相手にこれ以上みじめな姿をさらしたくないのだろう。おみつの肩から手を離し、崩れるようにうずくまる。

ここで見捨てるくらいなら、最初《はな》から声をかけるものか。

おみつは憤然と立ち上がった。

「母屋には人がいないようなので、店に回って手代さんを連れてきます。ちょっとだけ待っていてくださいまし」

そしてそのまま木戸を出て、店の正面から中に入る。裸足で駆け込んできた娘に気付き、手代や番頭はもちろん、客もすべてこっちを見た。

「すみません。こちらの若御新造さんが庭でうずくまっています。あたしでは運べませんので、どなたか手を貸してください」

わざと声を張り上げれば、手代や番頭の顔色が変わる。気まずげに客をちらりと見てから、おみつのそばに近寄った。

「見かけない顔だが、おまえさんは」

番頭から嫌悪もあらわに尋ねられたが、そんな目で見られる筋合いはない。おみつは大声で言い返した。

「あたしが誰かより、今は若御新造さんを休ませることのほうが大事でしょう。もたもたしないで手を貸してください」

「その娘の言う通りだ。ここの若御新造は身重なんだろう」

「腹の子が流れたら、後生が悪いぜ」

客たちは面白がって口々に加勢する。その江戸っ子らしい調子のよさがおみつの癇《かん》に障《さわ》った。

「本当にそう思うなら、いい加減なことを言わないでください。若御新造さんの具合が悪くなったのは、下世話な噂のせいですよ」

そこにいた全員身に覚えがあったのか、決まり悪げに口をつぐむ。すかさず番頭が割って入った。

「お騒がせをしてどうもあいすいません。玄太《げんた》、この娘と一緒に若御新造さんの様子を見ておいで」

下手に店先で揉《も》めるより、追い払ったほうがいいと思われたらしい。おみつが手代を連れて庭に戻ると、お露は地べたに両手と両膝をついていた。どうやらひとりで立とうとしてしくじったようだ。

「若御新造さん、しっかりしてください」

さすがにまずいと思ったのか、手代がお露の身体を抱き起こす。おみつは腰に手を当てた。

「早く母屋に連れていって、布団を敷いて休ませてください。あたしは産婆さんを呼んできます」

再び木戸に向かって走りかけて、おみつは大事なことに気が付いた。

「若御新造さんが診てもらっているのは、どこの産婆さんですか」

「産婆ではなく尾張町《おわりちょう》の本道医《ほんどうい》、内田了安《うちだりょうあん》先生を呼んできてください。あの、履物がないのなら、手前のを履いていきますか」

振り向いて尋ねると、手代が言いにくそうに言う。おみつはようやく自分が裸足だったことを思い出した。

三

急いで自分の下駄を履いてから、おみつは芝口橋を渡って尾張町に来た。

大隅屋のある通町や桐屋のある大伝馬町、もしくは生まれ育った神田界隈《かいわい》と違って、この辺りは詳しくない。人に聞くのが一番だと、目についた茶店に飛び込んだ。

「あの、『うちだりょうあん』先生の住まいはどこでしょうか」

息を切らせて茶店の主人に尋ねると、

「急病人かい？　了安先生なら、その先の二つ目の角を左に入ってすぐのところだ。看板が出ているから、すぐにわかるよ」

聞かれ慣れているようで心得顔で教えてくれる。おみつは早口で礼を言うと、また勢いよく走り出す。

言われた通り二つ目の角を左に入ると、「本道医　内田了安」という看板が掲げてある。おみつは玄関先で声を上げた。

「すみません、了安先生はおられますか」

「何じゃ、騒がしい」

てっきり弟子が出てくるかと思いきや、枯れ木のような年寄りが眉間にしわを寄せて現れた。慈姑《くわい》頭とえらそうな態度ですぐに医者だとわかったものの、こんな年寄りで大丈夫かと別の不安が頭をもたげる。

先生のほうが今日明日にもぽっくり逝きそうだけど、それだけ長く医者をしているってことだもの。きっと腕は確かなのよ。

でなければ、武蔵屋ほどの大店が頼みとしているはずがない。おみつは己を納得させると、頭を下げて用件を言う。

「武蔵屋の若御新造さんの具合が悪いんです。今すぐ診てあげてくださいまし」

「わかった。支度をして来るから、駕籠《かご》を呼んでこい」

ここから芝口の武蔵屋まではたいした距離ではない。辻《つじ》駕籠を探している間に、恐らく着いてしまうだろう。

「駕籠を呼んでくるよりも、走ったほうが早いです」

無礼を承知で言い返せば、了安は情けない顔をする。

「このところの冷え込みで、膝と腰が痛むんじゃ」

「あたしが先生の手を引きますから」

顔の前で両手を合わせると、年寄りは無言で奥に入っていく。さては怒らせたかとうろたえていたら、すぐに薬箱を抱えて戻ってきた。

「仕方がない。走ってやるから、これはおまえが持っていけ」

「ありがとうございます」

おみつは薬箱を右手で抱え、左手で了安の手を引いた。

「先生、急いでくださいまし」

「おいこら、年寄りはもっといたわれ」

「そんなことを言って、若御新造さんの腹の子に何かあったらどうするんです」

「気持ちはわかるが、少し落ち着け。おまえの言う通りにしていたら、こっちの具合が悪くなるわ」

「すみません。でも、もう少しだけ急いでください」

　年寄りの文句を聞き流し、おみつはひたすら先を急ぐ。息を切らせて武蔵屋の裏木戸を叩くと、すぐに中から戸が開けられた。

「了安先生を連れてきました。若御新造さんはどちらですか」

待ち構えていたのは、三十路《みそじ》をとうに超えていそうな黒目のよく動く女中だった。おみつの言葉に答えることなく、医者に向かって頭を下げる。

「了安先生、急にお呼び立てして申し訳ありません。あら、ずいぶんと息を切らしておいでで……走ってこられたんですか」

「ああ、この娘に急かされてな」

　額の汗をぬぐいつつ、了安が苦笑する。女中は「申し訳ありません」と詫《わ》びを言い、ようやくおみつの顔を見た。

「いろいろお手数をかけましたが、後はこちらでいたします。どうぞ、お戻りになってくださいまし」

医者を呼びに行っている間に、武蔵屋の御新造がおみつの素性を伝えたのだろう。言葉遣いは丁寧ながら、目つきや声音が刺々《とげとげ》しい。

お露が心配だったとはいえ、出しゃばりすぎた覚えはある。医者も連れてきたことだし、ここで手を引くほうがいい。おみつが頭を下げて出ていこうとしたとき、了安に手を摑まれた。

「この娘にはわしの手伝いをしてもらう。ほら、お露さんのことが心配なら、さっさとついてこんか」

強引に連れてきた手前、年寄り医者には逆らえない。おみつは我知らず猫背になってあとに続いた。

お露が寝ている座敷に通されると、医者は振り返って女中に命じた。

「おまえさんは下がってくれ」

「いくら先生のお言葉でも、そればかりは聞けません。その人は武蔵屋の奉公人ではございませんので」

素性がわかっているとはいえ、よその奉公人には任せられない——もっともな言い分にもかかわらず、医者は聞く耳を持たなかった。

「おや、そうか。道理で見かけん顔だと思った。だったら、どこの何者だ」

乗りかかった船というのは、途中で降りられないようにできている。おみつは心の中でお玉とお園に謝った。

「あたしは呉服太物問屋、大隅屋の奉公人でみつと申します。武蔵屋さんにはお遣いで参りました。たまたま庭で具合の悪そうな若御新造さんを見かけたものですから、差し出がましいことをして申し訳ありません」

あたしだって好きで深入りをしたんじゃない。庭で助けを呼んだとき、武蔵屋の奉公人が出てこないのが悪いんでしょう。

腹の中で付け足せば、なぜか医者は破顔する。

「なるほど、大隅屋の奉公人なら身元は確かだろう。特に差し障りはあるまいて」

「お待ちください。そんなことをされたら、あたしどもの立場が」

「今のお露さんに必要なのは親身になってくれる人だ。おまえさんよりこの娘のほうがはるかに親身ではないか」

年寄り医者に睨まれて、女中はむっつり口をつぐむ。これ以上言っても無駄だと思ったのか、無言で座敷を出ていった。

「さて、これで邪魔者はいなくなった。お露さん、わしの声が聞こえるかい」

枕元《まくらもと》に座った医者は、布団の上に横たわる武蔵屋の嫁に声をかける。うなずいたお露は休んだせいか、庭で見たときより落ち着いていた。

「まずは脈を診《み》んとな。布団をめくるぞ」

了安はお露を寝かせたまま、布団をめくって手首に触れる。それから腹に手を当てて、しばらく考え込んでいた。

「あの先生、もう布団を戻してもいいですか」

このままでは寝巻姿のお露が風邪《かぜ》をひく。見かねておみつが声をかけると、了安は我に返ったようにうなずいた。

「ああ、戻してやってくれ。お露さん、とりあえず腹の子は大丈夫だが、このままではおまえさんが病になる。そうなれば、腹の子も危ないぞ」

「縁起でもないことを言わないで、お医者様なら助けてください」

手をこまねいて見ているだけなら、医者を連れてきた意味がない。唾《つば》を飛ばしてお願いすると、「無理を言うな」と苦笑された。

「医者のできることなんぞたかが知れておる。わしがお露さんにしてやれることは、もっと食え、よく寝ろ、世間のことなど気にするな、と言うだけだ。しかし、それが難しいこともわかっておるのでな」

ちらりと見えたお露の腹はそれほどふくらんでいなかった。了安によれば、すでに五月《いつつき》に入っており、本来ならつわりが治まる頃合いらしい。

「もっとも、病もお産も人それぞれじゃ。つわりがひどくて、命を落とすこともあるからのう」

医者の言葉が終わらぬうちに、お露が両手で顔を覆う。

「あたしはそれでも構いません。腹の子もろとも死んでしまえば、武蔵屋の墓に入れるでしょう」

「馬鹿なことを言うんじゃない。面白半分の噂なんぞ、腹の子が生まれる頃には跡形もなく消えておる。ここが一番の踏ん張りどころじゃ」

「でも、武蔵屋の両親も旦那様も奉公人も、あたしを見る目がすっかり変わって……きっと疑われているんです」

お露の指の間から涙のしずくがしたたり落ちる。おみつはおずおずと口を開いた。

「あの、若御新造さんはひとりで出歩いたりされないんでしょう」

「……はい」

「いつも奉公人を連れていれば、男と逢引《あいびき》なんてできやしません。御新造さんや若旦那にそのことを伝えたんですか」

不義を「した」という証なら、間男を捕まえればいい。だが、「していない」という証はそれしかない。

するとお露は顔を覆っていた手を離し、ゆっくり首を左右に振った。

「供を連れて出かけても、常にあたしのそばにいる訳ではありません。両親や夫に念を押されると、あたしの味方をするどころか、『よく覚えておりません』ととぼける奉公人が多くって……」

奉公人は主人の顔色をうかがうものだ。進んでお露の味方をするのは得策ではないと見たのだろう。

「だったら、お産が終わるまで実家に戻ってはいかがですか」

お露の実家は木挽町の薪炭問屋だと聞いている。身籠った嫁が実家を頼るのはめずらしいことではないし、実の親なら娘の潔白を信じるはずだ。

その間に世間の噂が下火になれば、武蔵屋の人たちの頭も冷える。いい考えだと思ったのに、お露はなぜか目をそらす。

「それは、できません」

「どうしてです。お腹の子が流れたら取り返しがつきませんよ」

おみつがさらに言い募ろうとしたとき、了安が横から遮った。

「とにかく、お露さんの一番の薬はよく寝ることと食べることじゃ。それを心に留めて、くれぐれも無理をせんようにな」

　そして、おみつに薬箱を押し付けた。

「わしらは帰るぞ。長居をしては病人に障る」

「あの、先生」

　帰るところが違うのに、どうして薬箱を持たされるのか。こちらが文句を言うより早く相手はえらそうにふんぞり返る。

「おまえがわしを連れてきたんだ。連れて帰るのが筋だろう」

　その言い分に納得した訳ではないけれど、強引に引っ張ってきた覚えはある。おみつは口をへの字に曲げ、薬箱を抱えてついていった。

「それでは、あたしはここで」

　医者の住まいに着いたところで、おみつは薬箱を玄関先に置く。すぐに立ち去ろうとしたところ、「まあ、待て」と呼び止められた。

「おまえが年寄りに無理を言うから、わしはのどが渇いておる。茶の一杯も淹《い》れていけ」

「はい、はい」

　これが狙《ねら》いで強引に連れ帰ったに違いない。逆らうだけ時間の無駄と、おみつは了安の家に上がった。

「お弟子さんはいないんですか」

火鉢の炭を熾《おこ》しながら、おみつは気になったことを聞く。年寄り医者はもったいぶらずに教えてくれた。

「昔はいたが、みな一人前になってしもうた」

「だったら、新しいお弟子を取れば」

「ふん、この年になって一から医術を仕込めるものか。いつもは身の回りの世話をしてくれる通いのばあさんがおるんじゃが、昨日今日と休んでおってな」

このままでは、夕餉《ゆうげ》の支度も「おまえがやれ」と言われかねない。一刻も早く出ていこうと鉄瓶《てつびん》を火鉢にかけたとき、「頼みがある」と切り出された。

「これからまめにお露さんを見舞ってくれないか」

夕餉の支度より厄介なことを頼まれて、おみつは慌てて後ろに下がる。

「急に何をおっしゃるんです。あたしは大隅屋の奉公人です。主人の許しもなく、武蔵屋の若御新造さんを見舞うことなんてできません」

それでなくても、武蔵屋の御新造と奉公人から恨みを買った覚えはある。目の色を変えて言い返すと、了安に鼻で笑われた。

「だったら、わしを呼びに来たのも大隅屋の主人の言い付けか。さんざん勝手をしておいて、今さら許しもないもんだ」

「……先生がおっしゃる通り、あたしは余計なことをいたしました。だからこそ、これからは武蔵屋に足を踏み入れることはできません」

具合の悪いお露のために手代と医者を呼びに行ったことは悔やんでいない。しかし、お園の言いつけを破ったことは申し訳ないと思っていた。

「若御新造のお露さんはお気の毒だと思います。ですが、あたしはお露さんに今日初めて会ったんです。よく知らない相手が見舞うより、実家でのんびりされたほうがはるかに気も休まるでしょう」

「お露さんの実家は目と鼻の先の木挽町だぞ。頼ることができるなら、とっくに帰っていると思わんか」

了安はのどが渇いただけでなく、この話をするために「お茶を淹れろ」と言ったようだ。早くお湯が沸かないかと、おみつは火鉢に目を向ける。

「わしはお露さんの実家である、薪炭問屋の春日屋《かすがや》にも出入りをしておる。あの子のことは生まれたときから知っとるが、母親は主人に強く望まれて後添いに入るほどの美人だったんじゃ」

ところが、その後添いが色男の手代と男女の仲になった。妻の裏切りに気付いた春日屋の主人は醜聞を恐れ、二人を別々に追い出したという。

「そのとき、お露さんは七つだったか。初めはどうして母親がいなくなったのか、わからなかったろう」

だが、大きくなるにつれて嫌でも陰口が耳に入る。母が不義を働いて追い出されたこと、そして、自分が春日屋の血筋か疑われていることをお露は知った。

「せめてお露さんの顔が春日屋の主人に似ておればなぁ。あいにく、あの子は父親にも母親にも似ておらん」

「どちらにも似ていないから間男に似ている、春日屋の血を引く娘じゃないって言うんですか。百歩譲ってそうだとしても、悪いのは不義を犯した母親です。お露さんじゃないでしょう」

大店の主人のくせに、そんな当たり前の理屈もわからないのか。憤慨するおみつに了安が言う。

「そう言うおまえは、惚れた亭主の隠し子をかわいがれるのか?」

「えっ」

「亭主の裏切りの証である隠し子に、我が子と同じようにやさしくしてやれるのかと聞いておる」

　穏やかな口調を崩すことなく、了安が重ねて尋ねる。おみつは声が出なくなった。

「好きと嫌いは裏表でな。惚れていればいるほど、裏切られた憎しみも深くなる。武蔵屋の者がお露さんにつらく当たるのも、思いの裏返しということじゃ」

　世間の下世話な噂は嫌でも耳に入ってしまう。「まさか」が「もしかして」「ひょっとすると」に変わってしまえば、信じることは難しい。

　言い返すことができなくなり、おみつは黙って鉄瓶を睨む。早くお茶を淹れて大隅屋に帰りたい。しかし、お湯はまだ沸かない。

「あと三月《みつき》も過ぎれば、噂はきっと立ち消える。武蔵屋の連中だって正気に返るはずだ。それまでお露さんを支えてくれ」

「……どうして先生はあたしにそんなことをおっしゃるんです」

　お露を支えるのは、武蔵屋の者であるべきだ。それが無理だからといって、赤の他人の自分が首を突っ込む筋合いではない。

「あたしがお露さんなら、よその奉公人に見舞われたって少しもうれしくありません。了安先生に来てもらったほうがはるかにうれしいと思います」

「そう思うなら、どうして武蔵屋でお節介を焼いたんじゃ。お露さんからは『放っておいてくれ』と言われただろう」

「それは……」

見透かされて口ごもれば、了安はからからと笑った。

「勘違いをするな。わしはおまえを責めている訳じゃない。むしろ頼まれてもいないお節介を焼くなんて、立派なもんだと感心しておる」

思いがけないことを言われて、おみつは目をしばたたく。

余計なことを言うな、出しゃばるなとは言われてきたが、お節介をほめられるとは思わなかった。

「医者なんてお節介じゃないと務まらん商売でな。病人が死にたがっておっても、進んで匙《さじ》を投げる訳にもいかん」

「だったら、やっぱり先生がお露さんを励ましてくださいまし。あたしには荷が重すぎます」

同じ立場の奉公人ならまだしも、よその大店の若御新造にいったい何を言えというのか。二の足を踏むおみつに了安が鼻を鳴らす。

「お露さんの腹の子がどうなってもいいとみえる」

「あたしはそんなこと……」

「おまえの人並み外れたお節介と押しの強さを見込んだつもりが、とんだ眼鏡違いだったかのう。年は取りたくないもんじゃ」

嫌みたらしく続けられ、おみつは恨みを込めて了安を睨む。

どうしてあたしが先生に責められなければならないの。腹の中で噛みついたとき、ふと余一の顔が浮かんできた。

――そうやって他人を当てにするのが間違っていると言ってんだ。てめぇがお節介だからといって、他人もそうだと思うんじゃねぇ。

――お節介で何が悪いの。世の中は人の情けとお節介で成り立っているんじゃない。お節介を焼く人がいなくなったら、この世は真っ暗闇《くらやみ》でしょう。

あれはお玉の醜聞を瓦版に書き立てられたときだ。手を貸し渋る余一に大見得を切っておきながら、自分が当てにされたときは「面倒だから」と逃げるのか。

因果は巡るって本当ね。

おみつは大きく息を吸った。

「わかりました。どこまでお役に立つかわかりませんが、できるだけ武蔵屋さんにお見舞いに参じます」

了安が満足げにうなずいたとき、鉄瓶から白い湯気が立った。

四

おみつが大隅屋に戻ったのは、間もなく日が暮れるという時刻だった。

心配していたお園とお玉に起こったことを打ち明ければ、

「菊酒屋さんの醜聞は聞いていたけれど、まさかそんなことになっていたなんて。先月の菊見のとき、お露さん本当にしあわせそうだったのよ。御新造さんまで不義を疑うなんて、あんまりだわ」

お玉は噂を耳にしても、「世間が下種《げす》の勘繰りをしているだけ」と思っていたらしい。御新造や若旦那までお露を疑っていると知り、怒りで唇をわななかせた。

「見ず知らずの人の噂より、身内を信じるのが筋でしょう。あたしは武蔵屋さんを見損ないました」

「でも、事が事だもの。無理もないんじゃないかしら」

隣にいたお園がたまりかねたように言う。お玉はめずらしく姑への遠慮をかなぐり捨てた。

「あたしやおっかさんについての嘘八百が瓦版に書かれたとき、世間が何と言おうとも、旦那様とおとっつぁんは信じてくれたじゃありませんか」

「それとこれとは話が違うわ」

「どこが違うんです。身内に疑われるなんて、これほどつらい話はありません。追い詰められたお露さんが身投げでもしたらどうします」

　同じ嫁としてお露のつらさが身に沁《し》みてわかるらしい。お玉は一歩も引くことなく姑を見つめた。

「事情を知ったからには、おみつひとりに任せてはおけません。あたしも武蔵屋さんに通います」

「落ち着きなさい。お露さんがおまえに会いたがるはずないでしょう」

　勢いづく嫁をお園が窘《たしな》める。お玉は「なぜですか」とむきになった。

「武蔵屋さんに行ったとき、あたしたちは親しくなったんです。お露さんが苦しんでいるのなら、力になってあげないと」

「知り合いにみじめな姿を見られて、誰が喜ぶものですか。思い上がるのもたいがいになさい」

　鋭い口調で言われたとたん、お玉は唇を噛んで目を伏せた。

「大隅屋の奉公人のおみつにだって本当は会いたくないはずよ。男の了安先生は女の気持ちがわからないんだわ」

「ですが、御新造さん」

「こういうことは赤の他人が口を出すことではありません。お露さんだって『放っておいて』とおみつに言ったんでしょう」

それでも、あたしは了安先生に「人並み外れたお節介と押しの強さ」を見込まれたんだもの。ここで手を引く訳にはいかないわ。

医者は患者が死にたがっても、言いなりになって匙を投げない。おみつは腹をくり直した。

「では、誰なら口を挟んでいいんでしょうか」

「何ですって」

「身内や奉公人は助けてくれず、赤の他人は口を出せないなら、誰がお露さんに手を貸してくれるんですか」

生意気な台詞《せりふ》だということはおみつだって承知している。怒られるかと思ったが、お園は黙って聞いてくれた。

「御新造さんがおっしゃる通り、お露さんはあたしに会いたくないかもしれません。ですが、お露さんの母親のことを聞いて、あたしは他人事《ひとごと》とは思えなくなりました」

お露の母と同じように、おみつの継母も不義を働いていた。

もしお露が春日屋の娘でないのなら、弟だって父の子ではないかもしれない。だが、もしそうだとしても、罪があるのはお露でも弟でもない。

裏切られた憎しみで身内がそう言えないのなら、赤の他人が差しで口を挟むしかないではないか。

「あたしとお露さんを引き合わせたのは、武蔵屋にあった残菊です。御新造さんは菊が邪気を払うとおっしゃいましたよね」

「ええ」

「武蔵屋で咲き残っていた菊の花に、あたしは『払いきれなかった邪気を払ってくれ』と頼まれた気がするんです」

もし残菊が咲いていなければ、おみつは廊下で足を止めずに武蔵屋を後にした。もっとも大隅屋にしてみれば、いい迷惑かもしれないが。

言い終えて返事を待っていると、御新造はひとつため息をつく。

「どうして今日の遣いをおみつに頼んだりしたのかしら」

「きっと菊が呼んだんでしょう」

二人のやり取りを聞いていたお玉が横から口を出す。お園は嫁を横目で睨んだ。

「仕方がないわ。おみつが見舞いに行くのは認めましょう。ただし、これ以上武蔵屋さんを怒らせないでちょうだい」

おみつは翌日から暇を見つけて武蔵屋に通うことになった。

一応「大隅屋の若御新造の遣い」なので、追い返されることはない。しかし、お露の部屋まで案内する女中の態度は刺々しい。

それは覚悟の上だったが、当のお露が見るたびに弱っていくのが気にかかる。このまま見舞いに通うことが腹の子のためになるのだろうか。回を重ねるごとにおみつは不安になっていった。

「若御新造さん、具合はどうですか」

十月八日の八ツ過ぎ、おみつはお露に向かって微笑《ほほえ》みかける。

「今日は砂糖を持って参りました。若御新造さんに精をつけてもらおうと思って」

「……いつもありがとうございます。お玉さんと大隅屋の御新造さんによろしくお伝えくださいまし」

礼を言うお露は布団から身体を起こしたものの、顔色は悪いし、頬もこけたままだ。このままでは本当に腹の子が流れてしまいかねない。

どうすれば、お露さんの気持ちがしゃんとするのかしら。顎に手を当てて考え込むと、お露が話しかけてきた。

「おみつさん、お玉さんは本両替商の後藤屋さんの血筋なんですってね」

なぜ今、こんな話を始める気になったのか。おみつはとまどいながらも「はい」と答えた。

「江戸一番の両替商の血を引いていて、器量よしで、大隅屋の若旦那ともたいそう仲がいいと聞いています。そういう恵まれた人もいるのに、どうしてあたしは尻軽女《しりがるおんな》の血を引いているのかしら」

育ちのいいお露の口から「尻軽女」なんて言葉が飛び出すとは思わなかった。驚くおみつにお露はやつれた顔で笑う。

「驚いた？　あたしの母は後添いで、手代と情を通じて追い出されたの。あたしは子供の頃から、陰で奉公人に『尻軽女の娘』って呼ばれていたわ」

だから、誰よりも身を慎み、後ろ指を差されないように気を付けてきた。そして、「大人になったら、武蔵屋さんに嫁ぎたい」と思っていたという。

「武蔵屋の御新造さんはあたしをかわいがってくれたし、跡継ぎの知之助《とものすけ》さんのことも好きだった。でも、あたしが年頃になったとき、武蔵屋さんから『嫁に欲しい』という話は来なかったの」

知之助は違う女と一緒になり、お露も一度は諦めた。だが、それから一年もしないうちに「今の嫁は近いうちに離縁するから、お露を知之助の嫁に欲しい」と、お志麻が春日屋に頼んだそうだ。

「今さらどうしてって思わないでもなかったけれど、あたしはそれでも構わなかった。おとっつぁんもすんなり承知したわ。二度目の嫁として出すほうが万事お金をかけなくてすむものね」

「いくら前のお嫁さんが気に入らないからって、武蔵屋さんは何を考えていたんでしょう。きちんと離縁をしてから嫁に欲しいと言うべきなのに」

物事にはすべからく通すべき順序と筋がある。おみつは眉をひそめたが、お露の態度は変わらなかった。

「そうね。落ち着いて考えると、前のお嫁さんにもひどいことをしてしまったわ。でも、そのときは早く知之助さんと別れて欲しいとしか思わなかったの」

肝心の若旦那は器量よしの嫁と別れることを嫌がったが、三年後にやっと離縁が決まり、お露は武蔵屋に嫁入りした。

肩身の狭い実家には二度と帰るつもりはない。お露は舅姑に尽くし、夫の世話に精を出した。その甲斐《かい》あって武蔵屋での暮らしはしあわせだったとお露は言った。

「子ができたとわかったときは、天にも昇る気持ちだった。この子にはあたしのようにみじめな思いをさせまいと思ったのに」

「その気持ちを武蔵屋の両親や若旦那に伝えたら、若御新造さんへの疑いが晴れるんじゃありませんか」

「実の母が不義をして追い出されたことを言えっていうの？　それこそ『血は争えない』と言われるだけよ」

つらそうにうつむく姿を見て、おみつははっとした。初めて武蔵屋の御新造に会ったとき、そう言っていたではないか。

ここの御新造はお露さんの母親のことを知っている。だから、息子の嫁にすることをためらい、お露さんの不義を疑っているんだわ。

「あたしは春日屋の父と似ていなくて、実の娘と思ってもらえなかった。この子は間違いなく知之助さんの血を引いているのに……顔が似ていなければ、疑いの目で見られるのかしら」

「お露さん」

「血の色を見れば、誰の子かはっきりわかる。人の身体がそういうふうにできていればよかった」

込み上げてくるものを抑えきれなくなったらしい。お露は寝巻の袖を目に押し当ててから、思い詰めた顔を上げた。

「もしこの子が夫に似ていなかったら……あたしはどうすればいいの」

「顔が似ていない親子なんていくらだっています。心配しなくても大丈夫です」

「適当なことを言わないでっ。親に白い目で見られる子のみじめさがあなたにわかるもんですか」

お露は声を荒らげて、それから激しく咳き込んだ。慌てて背中をさすろうとしたら、驚くほど強い力で振り払われる。

「……お願いだから、もう帰って。そして二度と来ないでちょうだい」

暗くにごったまなざしに、おみつは何も言えなかった。

五

――親に白い目で見られる子のみじめさがあなたにわかるもんですか。

お露にそうなじられたとき、おみつは「あたしだって実の父からひどい仕打ちを受けました」と言いそうになった。土壇場で思いとどまったのは、「実の父」であることを疑ったことはないからだ。

桐屋の「秘密」を知ってから、切っても切れない血のつながりは厄介なものだと思ってきた。しかし、血がつながっていないかもしれないことが、これほど身の置き所のないものだったとは。

――もしこの子が夫に似ていなかったら……あたしはどうすればいいの。

お露のあの調子では、子供が無事に生まれても何をしでかすか。赤ん坊を見た誰かに「武蔵屋の若旦那に似ていない」と言われようものなら、母子心中だってするかもしれない。

どうすれば、お露さんの力になれるだろう。思い詰めたおみつの足は白壁町《しらかべちょう》へと向かっていた。

余一がお糸と一緒になってから、櫓長屋に足を運んだことはない。お糸に遠慮したというより、万が一にも井筒屋に会いたくなかったからだ。

井筒屋の仕事は断ったと余一は言っていたけれど、何と言っても相手が悪い。これぞと狙った獲物をすぐに諦めたりするものか。

そんなに聞き分けのいい人なら、お嬢さんに嫌がらせをした挙句、若旦那に桐屋の素性をばらしたりしないもの。京で育ったはずなのに、納豆みたいに粘るんだから。いきなり訪ねていって、ばったり出くわしたりしませんように。

心の中で手を合わせ、おみつは櫓長屋の木戸をくぐった。

「余一さん、みつです」

障子越しに声をかけると、すぐに戸が開けられる。そこに立っていた男を見て、おみつは悲鳴じみた声を上げた。

「な、何で、あんたがここにいるのよ」

「そっちこそ女房の留守に余一を口説《くど》きに来やがったのか。まったく油断も隙《すき》もあったもんじゃねぇな」

男姿の千吉はこっちを見てにやりと笑う。おみつは目を回しそうな勢いで首を左右に何度も振る。

「馬鹿なことを言わないで。人に言いがかりをつける前に、ここにいる訳を言いなさいってば」

「そりゃ、余一に用があったからさ。おみつに用があれば、大隅屋に行くぜ」

思わせぶりな笑みを浮かべながら、千吉は答えにならないことを言う。こっちが教えて欲しいのは「その用が何か」ということだ。

顔を見るたび、あたしをからかって何が面白いのかしら。ちょっと見た目がいいからって、どんな女でもなびくと思ったら大間違いよ。

一歩も引かずに睨みつけると、二人の言い合いを見ていた余一が仏頂面で言い放つ。

「話ならすんだだろう。千吉、おめぇはもう帰れ」

「嫁をもらって間もねぇのに、別の女と二人っきりになりたがるたぁねぇ。余一さんも隅に置けねぇな」

「いいから、あんたは出ていって」

おみつは素早く中に入り、千吉の肩を両手で押す。すると、思ったよりもあっけなく千吉は帰っていった。

「それで、おめぇは何の用だ」

どうせ厄介事なんだろう――声なき声が聞こえたが、気付かぬふりで武蔵屋のことを余一に話す。

そして、「余一さんはどうしたらいいと思う」と言おうとしたとき、いきなり腰高《こしだか》障子《しょうじ》が開いた。

「そんなもなぁ、不義を働いてできた子に決まってんだろう。世間知らずが寝ぼけたことを言ってんじゃねぇ」

言葉と共に飛び込んできた千吉を見て、おみつは一瞬言葉を失う。が、すぐさま我に返ると、両足を踏ん張って怒鳴りつけた。

「あんた、立ち聞きしてたのねっ」

素直に帰ったかと思いきや、隠れて聞き耳を立てているとは。まったく、どこまで腐っているのか。

ところが、千吉はてんで悪いと思っていない。呆れ果てたと言いたげにおみつの顔を見下ろしている。

「子種がねぇ男と一緒になって身籠るはずがねぇだろう。そんな子はとっとと流れちまったほうがしあわせだぜ」

「お露さんは不義を働いた母親のせいで、周りから白い目で見られてきたのよ。我が子に同じ思いをさせるもんですか」

「おめでたいのもここまでくると、神棚に祭ってやりたくなるぜ。間違いなく武蔵屋の血を引いているなら、どうして生まれる前から似ていないときの心配なんてしてんだよ」

「それは……お露さんが親に似ていなくて、つらい思いをしたから」

「つまり、その女は母親が不義を犯してできたってこった。それと同じ心配をしているってこたぁ、お露の腹の子も武蔵屋の種じゃねぇってこったろうが」

怒ったようにまくしたてられ、おみつの背筋にひやりとしたものが這《は》い上がる。だが、すぐに首を左右に振った。

「顔が似ていない親子なんて世間にいくらでもいるじゃない。あんたが何と言おうと、あたしはお露さんを信じるわ」

「不義を働くような女が本当のことを言う訳がねぇ。俺はそういう女を掃《は》いて捨てるほど知ってんだぜ」

怒鳴るように言い放たれて、おみつはようやく思い出す。

そうだ、この男は色事師をしていたのだ。

肌を合わせた女の中には、千吉の子を「夫の子だ」と偽った者もいたかもしれない。

そう思った瞬間、腹の底が熱くなった。

「自分が不義の片棒を担いで世を渡っていたからって、女のすべてが不義を働くと決めつけないで」

お露は継母のお喜多のように人を踏みにじる側ではない。自分と同じように踏みにじられてきた側だ。

こぶしを固めて睨みつければ、多くの女をたらしこんだ男の顔に影が差す。余一が見かねたように口を挟んだ。

「千吉、おめぇはもう帰れ」

これ以上ここにいても分が悪いと思ったのだろう。千吉は舌打ちをして櫓長屋を出ていった。

あの男は女をとことん蔑《さげす》んでいる。

当たり前だ。蔑んでいなければ、色事師なんてできるはずがない。

――おみつが俺の女房になるか。

あんなの本気じゃないってわかっていた。

それなのに、なぜ思い出すの。

知らず奥歯を嚙み締めたとき、余一が低い声で聞く。

「おみつは千吉が好きなのか」

「馬鹿なことを言わないで。そんなことがあるはずないじゃない」

「だったら、何で泣いてんだ」

言われて、おみつは自分の頰が濡《ぬ》れていることに気が付いた。だけど、悲しくて泣いている訳じゃない。

「目に埃が入ったからよ。あんな男、何とも思っていないわ。ところで、事情はわかったでしょう。余一さんは力を貸してくれるわよね」

無理やり話を元に戻せば、余一の顔に苦笑が浮かぶ。

「前はお嬢さん絡みの頼み事だったが、今はよその店の若御新造のためか。おめぇはつくづくお節介だな。ちったぁ、てめぇのことも考えろ」

「今度は特別よ。残菊に頼まれたら、嫌とは言えないでしょう」

恰好《かっこう》をつけてうそぶけば、余一がかすかに目を細める。

「そういや、武蔵屋は菊が有名だったな」

思い出したように呟いて、きものの始末屋はゆっくり顎を引いた。


十月十一日の朝四ツ（午前十時）過ぎ、おみつは余一と共に芝口へと歩いていた。

余一は「力を貸す」と言ってくれたが、いったい何をする気だろう。それに「二度と来ないでちょうだい」と言ったお露は、果たして会ってくれるだろうか。

だが、ここで臆病風《おくびょうかぜ》に吹かれてしっぽを巻く訳にはいかない。おみつは余一の背を見つめ、武蔵屋へと進んでいった。

「ごめんください。大隅屋の者ですが、若御新造さんのお見舞いにうかがいました」

母屋の玄関で言いなれた挨拶を口にする。おみつの隣に立つ余一を見るなり、女中の目が眇《すが》められた。

「そちらの方は」

「おれはきものの始末屋で余一と言いやす。おみつから話を聞いて、見舞いに寄らせてもらいやした」

しかし、おみつが武蔵屋のことを外で吹聴していると思ったのか、女中にじろりと睨まれる。しかし、追い返す訳にもいかないらしく、お露の部屋に通された。

「お露さん、その後の具合はどうですか」

またおみつが顔を見せると思っていなかったのだろう。身体を起こしたお露は困惑もあらわにこっちを見ている。

「あの、そちらは」

おみつが紹介する前に、余一が進んで名を名乗る。

「おれは大隅屋に出入りしているきものの始末屋で余一と言いやす。おみつから話を聞いて、柄にもねぇお節介をしにきやした」

「お節介ならもう十分です。お二人ともお帰りください」

男の余一に臆《おく》することなく、お露は断りを口にする。おみつはどうするつもりかと、余一の顔を盗み見た。

「お節介ってのは、そっちの都合にかかわらず、勝手に押し付けるものなんでさ。若御新造さん、どうかこいつをもらってくだせぇ」

そう言って風呂敷から取り出したのは、擦り切れた藍染《あいぞ》めの浴衣《ゆかた》である。おみつは焦って袖を引いた。

「余一さん、いったいどういうつもりよ。そんなくたびれた浴衣じゃ、寝巻にだってできないわ」

白地に大輪の菊が染め抜かれた浴衣は、新しければ見舞いの品にふさわしい。しかし、着古して生地が薄くなったものを大店の嫁が着るはずがない。

「これはおしめを作るのにちょうどいいと思ったんだ。金持ちは古くなった浴衣なんて持ってねぇかもしれねぇから」

平然と返されて、おみつは目を丸くした。

「おしめって、赤ん坊の？」

「身重の女にやろうってんだ。他に何がある。新しいさらしを使うより、こういうもんを縫い直したほうが洗濯だってしやすいんだよ」

おみつだって古くなった浴衣を雑巾に縫い直したことはある。おしめにもなることは知っていたが、余一が古い浴衣のまま人にやるとは思わなかった。

「そういうことなら、あたしにくれればよかったのに。そうしたら、その浴衣を解いておしめを縫ってきたわ」

「おめぇが縫うんじゃ意味がねぇ。武蔵屋の若御新造さんが縫うから、赤ん坊のためになるんじゃねぇか」

余一は呆れたように言い、お露のほうに向き直った。

「おれがらしくもねぇお節介を焼こうと思ったのは、望まれずに生まれた子でもしあわせになれると言いたかったからでさ」

「……どういうことですか」

「おれも望まれずに生まれやした」

ためらうことなく答えられ、お露は無言で目を見開く。

「二親《ふたおや》の顔は知らねぇんで、この面が似ているかどうかもわからねぇ。生まれてきたことを恨めしく思ったこともあるし、たとえ親が生きていても礼を言う気はさらさらねぇ。だが、おれがいてよかったと言ってくれる女房がいる。それだけで、生まれた甲斐がありやした」

まるで天気の話でもするように淡々とした口調で余一がのろける。まったく聞いていられないわと、おみつは余一を横目で睨んだ。

前に親の話をしたときは、もっと思い詰めた様子だった。他人のことなど知ったことかと、そっぽを向いていたというのに。

お糸ちゃんと一緒になって昔のしがらみを吹っ切ったのね。

改めて「二人が結ばれてよかった」と思ったとき、余一が手に持っていた浴衣を広げた。

「こいつは『乱菊《らんぎく》』という文様だが、花合わせでは変わった色や形の菊がもてはやされるんでしょう」

「ええ、そのように聞いています」

「つまり、親とは似ても似つかねぇ見た目をしているほうがいいってこった。人も菊も判で押したようにそっくりになる訳じゃねぇ。親と見た目が似ていることがそんなに大事なんですかい」

「それは」

「似ていようと、似ていまいと、ケチをつけるやつはいる。だが、どんな姿形で生まれようと、若御新造さんの腹から出てきた子には違いねぇ。おれの母親は憎い男の子を産んだが、おめぇさんはどうなんです。腹の子の父親を憎んでいやすか」

「……………」

「憎い男の子なら愛《いと》おしんでやれなくても仕方がねぇ。だが、そうでないのなら、おめぇさんが大事にすればいい。たったひとりでも慈しんでくれる人がいれば、その子は決して不幸じゃねぇ。そいつはおれが請け合いやす」

真面目《まじめ》くさった余一の言葉におみつは慌ててうなずいた。

「あたしもそれは請け合います」

実の父親がおみつを妾《めかけ》奉公に出そうとしたとき、他人のお玉が救ってくれた。それから自分のしあわせは常にお玉と共にある。

「それでも若御新造さんがこんな子は産みたくねぇ、おしめなんざ縫う気がねぇっていうのなら、こいつは持って帰りやす。どうしやすか」

余一は浴衣をたたみながら、何食わぬ顔でお露に尋ねる。いつも青白いお露の頬に初めて赤みがさしていた。

「もちろん頂戴します。あたしは実の母親に愛しんでもらえなかったけれど、あたしがして欲しかったことをこの子にしてやれるんですね」

子供の頃は周りを恐れて、息をひそめることしかできなかった。だが、今は母親として生まれてくる我が子を守ってやれる——怯《おび》えて生きてきたお露がようやくそのことに気付いたのだ。

「あたしは母を恨んできたくせに、母と同じように我が子を捨てようとしていました。余一さん、おみつさん、どうもありがとうございました」

古い浴衣を受け取るお露の顔は今までになく晴れやかだった。浴衣に描かれた乱菊がお露の身体に取りついていた邪気を払ってくれたのだろう。

その日を境にお露の具合は少しずつよくなっていき、移り気な世間は、「吉原一の花魁《おいらん》が豪商に身請けされる」という噂で持ちきりになった。不義がどうのと言うよりも、こういう噂は罪がない。

そろそろお役ご免かしらと思い始めた十月末、おみつは内田了安に呼び出された。

「武蔵屋の前の嫁が流産したという噂を聞いてな。気になって調べてみたら、すべて狂言だったとわかった」

「ということは、お腹の子は無事だったんですか」

「そうじゃない。子ができたという話そのものが狂言だったんだ」

離縁された前の嫁は、お露が身籠ったことが許せなかったらしい。産婆に金を積んで口裏を合わせ、懐妊したと触れ回り武蔵屋に乗り込んだそうだ。

「流産の手当てをした産婆が『金さえ出せば子おろしもする』という噂でな。これは変だとぴんときた」

前の嫁は二度目の嫁ぎ先も嫌っていたらしい。お露の足を引っ張れるなら、再び離縁されても構わなかったのだろう。

「だったら、お露さんの身の証は立ったんですね」

「ああ、武蔵屋の主人夫婦と若旦那にも伝えておいた。今頃はお露さんの前で、小さくなっているだろう」

「それはよかったと言いたいところだけど……この先、お露さんは武蔵屋でうまくやっていけるでしょうか」

いくら頭を下げられても、信じてもらえなかったという心の傷は深い。おみつが不安を口にしたところ、了安は即座に「大丈夫だ」と言いきった。

「どんなことが起きようと、腹の子はおみつさんのようなしっかり者に育てる。お露さんはそう言っておったぞ」

わしの人を見る目に狂いはなかったと、医者はうれしそうに笑った。

波がたみ

一

寒くなると、熱燗《あつかん》を片手に長《なが》っ尻《ちり》になる客が増える。

一膳飯屋《いちぜんめしや》だるまやは独り者の客が多いから、火の気のない寒い家に急いで帰りたくないのだろう。

酒を飲んで遅くなれば、後は長屋で寝るだけだ。暗いさびしいと感じる前に、布団にもぐり込めばいい。

とはいえ、一膳飯屋は本来長居をするような店ではない。お糸は居座っている最後の客に仏頂面で詰め寄った。

「二人ともいい加減に腰を上げてくれないかしら」

あと半刻（約一時間）もしないうちに、木戸が閉まる刻限になる。何より二人のチロリはもう空になっていて、膳《ぜん》の上のおかずだって跡形もなく消えている。

あの人は夜風に震えながら待っているに違いない。早く店を閉めたくて、お糸の声が冷たさを増す。

「ここでいくら紀州屋さんの悪口を言ったたって、唐橋花魁《おいらん》の身請け話は取《と》り止《や》めになったりしないわよ」

吉原一の花魁なんて口を利いたこともないだろうに、その日暮らしの男たちまで唐橋の話で持ちきりだ。どうでもいい同じ話を聞くともなしに聞かされ続け、お糸は心底うんざりしていた。

どれほど思い焦がれたところで、一膳飯屋で飲んだくれている貧乏人には縁のない人ではないか。腹立ちまぎれに言いきっても、酔っ払いはへこたれない。

「そう言うなって。お糸ちゃんが嫁に行き、西海天女まで他人《ひと》のものになっちまうんだぜ。愚痴も言いたくなるじゃねぇか」

「そうそう。いい女がいなくなって、俺たちはさびしいのさ」

赤い顔をした客たちの言いぐさに、お糸は自分の左右の目尻《めじり》が上がっていくのを止められなかった。

あたしが嫁に行こうと、唐橋花魁が身請けされようと、あんたたちには関《かか》わりないじゃないの。挙句の果てに「さびしい」なんて、勝手なことを言わないで——と間髪を容《い》れずに言い返せたら、どんなに溜飲《りゅういん》が下がるだろう。苛立《いらだ》つお糸の後ろから、父の清八が声を上げた。

「もう店を閉めるからとっとと帰れ。灯《あか》り代だってタダじゃねぇんだ」

店の主人に告げられて、しぶとい二人もついに観念したらしい。舌打ちして重い腰を上げた。

「ちぇっ、父娘《おやこ》揃《そろ》って愛想のねぇ」

「せっかくの酔いが醒《さ》めちまったぜ」

恨みがましい台詞《せりふ》を残して最後の客が帰っていく。父は明日の仕込みのために調理場へと戻り、お糸は暖簾《のれん》を下ろしてから暗がりに向かって声をかけた。

「余一さん、店は終わったから、中に入ってちょうだい」

すると、天水桶《てんすいおけ》の脇《わき》から見慣れた長身が現れる。祝言を挙げてから、余一は毎晩お糸を迎えに来るようになった。

しかし、客がひとりでもいる間は店の中に入ってこない。お糸がいくら頼んでも、「おれは親父《おやじ》さんとだるまやの客に恨まれている」と言い張って、真っ暗な往来で店が閉まるのを待っているのだ。

十一月に入って日増しに冷え込みが厳しくなる中、待たせるお糸は気が気ではない。勢い、長っ尻の客を容赦なく追い立てるようになった。

「まだ片づけがあるだろう」

「だから、中で待っていてって言ってるの。これ以上外にいて、風邪《かぜ》をひいたらどうするのよ」

「そう心配すんな。いくらも待ってやしねぇから」

問答無用と手を握ると、節くれだった長い指がびっくりするほど冷たかった。だるまやの閉まる時刻は客次第にもかかわらず、迎えが遅れたことはない。毎日、北風の吹き抜ける往来にどれだけ立っているのだろう。

お糸は握った手に力を込めて、余一を店に押し込んだ。

「最後のお客が使った器を片づけたら、すぐ長屋に帰るから。おとっつぁん、身体《からだ》が温まるものはないかしら」

表よりはましとはいえ、客のいない店の中は温かいとは言い難い。調理場に駆け込むと、父が湯呑《ゆのみ》を差し出した。

「ほら、こいつを持ってってやれ」

どうやら熱燗を湯呑に注《つ》いでくれたらしい。お糸は父に礼を言い、盆に載せて余一に差し出す。

「すぐだから、これを飲んでいて」

「別に慌てなくてもいい。ここから遠い訳じゃねぇんだし」

余一は父に頭を下げ、盆の上から湯吞を受け取る。床几《しょうぎ》に腰を下ろすのを確かめてから、お糸は器を洗い始める。片づけを終えて顔を上げると、余一もちょうど酒を飲み終えたようだった。

「さてと、それじゃ帰りましょう。おとっつぁん、おやすみなさい。また明日」

「おう、気を付けてな」

父の声を背に受けて、余一は提灯《ちょうちん》を手にだるまやを出る。お糸は風呂敷《ふろしき》に包んだ小ぶりの櫃《ひつ》を胸に抱え、下駄を鳴らしてついていった。

好きな人と夫婦《めおと》になり、暗い夜道を並んで歩く。

それはずっとあこがれていたしあわせな姿のはずなのに……いざそうなってみると何かが違う。

見上げる夜空は祝言の前の晩と変わっていないはずである。だが、今は真っ黒に塗りつぶされてしまったようだ。お糸は足元に目を落とした。

「余一さん、ごめんなさい」

浮かれた気分になれなくて、毎晩同じ言葉が口から漏れる。すぐ返される余一の言葉も決まっていた。

「お糸は謝るようなことをしてねぇだろう。おれがおめぇに親父さんの手伝いを続けろと言ったんだぞ」

「でも、手伝いを続けているせいで、女房の務めが何ひとつ果たせていないんだもの。おとっつぁんだってすまないと思っているはずよ」

いっそ、責めてくれたほうがこっちの気も楽なのに。ものわかりのよすぎる亭主にお糸の後ろめたさは苛立ちに変わり始めていた。

――親父さんひとりで店を切り盛りするのは大変だろう。お糸ちゃんは今まで通りだるまやで働いてくれればいい。

余一がそう言ってくれたとき、お糸は内心ほっとしていた。

父と余一のどちらかを選べと言われたら、迷うことなく余一を選ぶ。そう思っていたけれど、たったひとりの肉親を進んで捨てたい訳ではない。

娘の代わりに手伝いを雇えば、父の稼ぎが減ってしまう。とはいえ、嫁に行ってからも「今まで通り」は無理があった。

一膳飯屋がもっとも混むのは客であふれる昼飯時だ。夜は客がばらけるし、晩飯時は余一といたい。ならば、夜だけ手伝いを頼もうとお糸は考えた。

あたしが暮れ六ツ（午後六時）前までいれば、他人を頼むのはせいぜい二刻（約四時間）だもの。給金だってそれほどかからないはずよ。

父にその話をすると、「夜は俺ひとりでやる」と言い出した。

――夜の二刻だけ働くやつなんて、ろくなもんじゃねぇ。てめぇひとりでやったほうがはるかに楽だ。

言いたいことはわかるけれど、腰の悪い父が調理場と客の間を行き来するのは大変だろう。どうにか聞き分けさせて町内の口入れ屋に頼んだところ、祝言の翌日、蓮《はす》っ葉《ば》な見た目の三十路《みそじ》女がやってきた。

――あたしは前に料理屋で仲居をやっていましてね。本当は一膳飯屋の手伝いなんて柄じゃないんですよ。

見下すようなもの言いに引っ掛かりを覚えたが、断ったらあとがない。父もそう思ったようで、「追い返せ」とは言わなかった。

しかし、肝心の客たちが承知してくれなかった。

――こいつぁ、どういうこった。お糸ちゃんは嫁に行っても、今まで通りだるまやの手伝いをするんだろう。

――そうだよ。話が違うじゃねぇか。

――俺はお糸ちゃんの顔を肴《さかな》に酒を飲むのが楽しみなんだぜ。

手伝いの女の顔を見るなり、お糸に向かって文句を言う。返す言葉に困っていると、手伝いの女が科《しな》をつくった。

――そう言わないでくださいよ。これからはあたしがいますから。

だるまやは安さとうまさが自慢の店だ。色気で売るような店ではない。あからさまに媚《こ》びを売られてお糸はむっとしたものの、これで客たちがおとなしくなればと思ったのに、

――冗談じゃねぇ。鏡を見てからものを言え。

――おめぇのような大年増《おおどしま》にお糸ちゃんの代わりが務まるもんか。

――かえって酒がまずくなるぜ。

容赦なく罵《ののし》られ、女の顔が真っ赤に染まる。お糸は「やめてちょうだい」と遮《さえぎ》ったが、女は貸した前掛けを外して足元の土間に叩《たた》きつけた。

――薄汚い一膳飯屋の客がえらそうな口を利きやがって。人を虚仮《こけ》にするのもたいがいにしてろってんだ。

憎々しげに言い捨てるなり、後ろも見ずに店を出ていく。父の顔をうかがうと、黙

って首を左右に振られた。

きっとまっすぐ口入れ屋に行き、だるまやで受けた辱めを大声で騒ぎ立てるだろう。別の人を頼んでも、恐らくもう見つかるまい。

――ひどいわ。何であんなことを言うの。

お糸が怒りもあらわに嚙《か》みついても、客たちはてんで悪びれない。暮れ六ツ半（午後七時）を過ぎたところで、父は「もういいから、おめぇは帰れ」と言ってくれたが、その晩は客が多くて父をひとりにできなかった。

昨日祝言を挙げたばかりなのに……今晩はあたしが腕を振るっておいしい晩飯をこさえてあげようと思っていたのに……。

泣きたい気分で膳を運ぶ間にも時は無情に過ぎていく。

夜五ツ（午後八時）を過ぎた頃、帰りの遅いお糸を案じて余一がだるまやにやって来た。店が終わって事情を話せば、「気にするな」と笑ってくれた。

――そういうことなら、夜も手伝ってやればいい。帰りの夜道が物騒だから、毎晩迎えに来てやるよ。

諭すようにやさしく言われ、お糸は内心頭を抱えた。

余一の気持ちはありがたいが、本当のところはうれしくない。せっかく夫婦になったのに、これでは一緒にいられない。

かといって、父ひとりに苦労を強いるのも忍びなく、余一に薄情な娘と思われたくない。結果、朝飯しか一緒に食べられない日々が二月も続いている。

あたしはひとつ布団で寝るためだけに夫婦になった訳じゃない。もっと余一さんと話し合って、いろんなことがしたかったのに。

今夜もお糸の手の中には、風呂敷に包んだ櫃がある。明日の朝、冷やご飯を雑炊にして余一と一緒に食べるのだ。

本当は亭主のために、とことん尽くすつもりだった。三度の食事の世話はもちろん、ささいなことにも手を惜しまず、「いい嫁をもらった」と余一に思ってもらいたかった。

ところが一緒になってみれば、やっているのは洗濯だけ。長屋の掃除は余一に任せきりの上、昼餉《ひるげ》と夕餉《ゆうげ》は別々に摂《と》る。おまけに毎晩迎えに行かねばならないなんて、余一にすれば厄介者をもらったようなものだ。

それなのに、当の余一は「謝るな」と言う。お糸は黙って歩くのが気詰まりになり、気になったことを口にした。

「今晩は何を食べたの」

「とっつぁんが来たから、蕎麦屋《そば》に行った」

余一が「とっつぁん」と呼ぶのは、古着屋の六助しかいない。今度顔を合わせたら、果たして何と言われるか。

六さんは余一さんのことを「誰かと所帯を持つなんて考えられる男じゃねぇ」って言ったけれど、あたしのほうが向いてなかったみたい。

十六を過ぎてから、「嫁に欲しい」と言う男は山ほどいた。自分と一緒になれば、相手はしあわせになれると信じて疑っていなかった。

しみじみ情けなくなって、お糸の足が止まってしまう。すぐに余一が振り向いた。

「また余計なことを考えてんのか。おれのことは後回しでいいって何度も言っているじゃねぇか」

暗くて表情ははっきりしないが、声が少し苛立っている。お糸は櫃を抱え直し、抗《あらが》うようにかぶりを振った。

朝しか一緒に食べられないなら、せめて炊き立てのご飯を食べさせたい。そう思って早起きすれば、「無理はするな」と止められた。

――おれは気を遣われるのに慣れてねぇんだ。放《ほう》っておかれるくらいでちょうどいい。

だったら、「余一のために何かをしたい」という胸の思いはどうすればいい。何も望んでくれないのは、当てにしていないということだ。

黙って立ちすんでいると、余一にそっと背中を押される。うつむきがちに歩き出せば、余一が話しかけてきた。

「おめぇを迎えに来る前に、きものの始末がひとつ終わった」

余一はお糸の前で仕事をしない。仕事について口にすることもほとんどない。めずらしいなと思いつつ、お糸は「ご苦労さま」とねぎらった。

「誰《だれ》に頼まれた始末だったの」

「とっつぁんの口利きで、若い娘に頼まれた。質屋に預けてあったきものを請け出したら、染みができていたらしい」

若い娘の頼みと聞いてお糸の胸は大きく跳ねる。

きものは男女を問わず着るが、手入れをするのは女が多い。ゆえに、始末を頼むのも女が多いに決まっている。

「そういうときは、質屋さんが染み抜きをしてくれるんじゃないの」

「古いきものだったから、初めから染みがあったと言い抜けされちまったらしい。実際、まめに手入れをしても、染みが出るときはあるからな」

あたしがおっかさんの形見のきものに染みを見つけたときも、余一さんはそう言って慰めてくれたっけ。

ふと昔を思い出し、お糸の口がかすかに緩む。母の形見がきれいになり、自分は余一に惚《ほ》れたのだ。

「最初はどうなるかと思ったが、元通りになってよかったぜ。唯一残った母親の形見らしいし、染め直しは生地が傷《いた》むからな」

続く言葉を聞いたとたん、冷水《ひやみず》をかけられた気になった。胸の鼓動が大きくなり、とっさに亭主の袖《そで》を引く。

「ねぇ、それはどんな……きものなの」

気になったのは、きものではなく持ち主だ。だが、土壇場で言葉を変えると、余一は足を止めて振り返る。

「古めかしい葡萄唐草《ぶどうからくさ》の小袖《こそで》だ。最初《はな》はばあさんが着ていたもんかもしれねぇな」

「そう……きれいになってよかったわね」

「ああ、新しいもんは呉服屋に行けば手に入るが、大事な人の形見は金に換えられねぇ値打ちがある。染みがひどくなる前に、持ってきてもらえてよかったぜ」

返事をしたら今度こそ声が震えてしまいそうだ。お糸は提灯を見下ろして、うなずくとしかできなかった。

二

翌十一月三日の八ツ半（午後三時）過ぎ、お糸は井戸端で大根の泥を落としていた。昼のにぎわいが終わると、店は一刻ほど暇になる。そういうときは相変わらず、「余一さんはどうしているかしら」と思ってしまう。

店で父を手伝いながら、合間に余一さんのことを考える。これじゃ、祝言を挙げる前と何ら変わっていないじゃないの。

我ながら情けなくなって、お糸は大根を洗う手を止める。下を向いていると涙が出そうで、凍雲《いてぐも》が浮かぶ空を見上げた。

夫婦になれば、余一のそばにいつもいられると思っていた。だが、それは心得違いだったようだ。

余一と一緒になって何日か過ぎた頃《ころ》、お糸は弁当を作って届けたことがある。仕事の合間に食べても、晩飯として食べてもいい。雑炊以外の自分の料理を食べて欲しい一心だった。

ところが、長屋はからっぽで、小半刻《こはんとき》（約三十分）待っても帰ってこない。お糸は後ろ髪を引かれつつ、書置きと弁当を残して店に戻った。

その日の夜、迎えにきた余一に留守だった訳を聞いたところ、「紺屋《こうや》に行っていた」と教えてくれた。弁当の味を尋ねれば、「うまかった」と言ってくれたが、

――もう、こんなことはしなくていい。

言いにくそうに告げられて、お糸は一瞬とまどった。

ただでさえ女房の務めを果たせていないのだから、このくらいはやらせて欲しい。「あたしたちは夫婦なんだもの。遠慮しないで」と笑って言えば、より困った顔で言われてしまった。

――仕事のきりの悪いところで、手を止めたくねぇんだ。おめぇだって店が忙しいだろう。余計な手間をかけるなって。

弁当を作って届けることが余一の仕事の邪魔になるのか。

夜道が暗くて本当に助かった。

お糸は込み上げるものを呑《の》みこんで、「わかりました」と返事をした。同時に、口に出せない不安や不満が胸の中で芽を出した。

きものの始末は女房がそばにいると、できないような仕事なの？

染み抜きや古着の仕立て直しのほうが、女房の作った弁当よりも大事なの？　ひとりでいるほうがいいのなら、どうして夫婦になったのよ。

惚れた相手と暮らせれば、それだけでしあわせだと思っていた。ところが、たった二月で不満が渦を巻いている。

──夫婦ってなぁ弱みをさらして一緒に生きていくもんだ。おめぇは余一の前でみっともない姿をさらせるのか。

父に相談すれば、きっと「言いたいことははっきり言え」と言われるだろう。けれど、不自由を強いておいて、文句を言うのも気が引ける。

あたしだっておっかさんの形見を元通りにしてもらって、本当にありがたかったもの。仕事に励んでいる亭主に腹を立てるほうがおかしいのよ。

──新しいもんは呉服屋に行けば手に入るが、大事な人の形見は金に換えられねぇ値打ちがある。染みがひどくなる前に、持ってきてもらえてよかったぜ。

親との縁が薄いからこそ、きものを「気物」として大事にする。余一の始末で救われた人は大勢いると、頭ではちゃんとわかっている。

それでも、ややもすると胸の不満が頭をもたげる。こんなはずではなかったと、苛立ちをぶつけたくなってしまう。

「あたしの心も大根みたいに水で洗えればよかったのに」

きれいになった白い大根を見下ろして、お糸はひっそり自嘲《じちょう》した。

余一さんは今晩、何を食べるつもりだろう。もし六さんと一緒なら、だるまやに食べにくればいいのに。

亭主の男ぶりを見れば、何かとうるさい客たちも少しは静かになるはずだ。洗った大根を抱えて立ち上がると、父の呼ぶ声がした。

「葱《ねぎ》が足りなくなりそうだ。買ってきてくれねぇか」

お糸が調理場に顔を出すなり、渋い顔で頼まれる。どうやら、昼に気前よく使いすぎてしまったらしい。

青物が少なくなる冬の間、葱の緑は汁物の具やおかずの彩りとして欠かせない。お糸は前掛けについた泥を払った。

「わかったわ。すぐに行ってくるから」

昔は何か足りなくなると、おみつの実家である青物屋の八百久《やおきゅう》に行っていた。しかし、おみつが奉公に出てからはほとんど近寄らなくなった。少し遠くなるものの、別の青物屋へ買いに行く。

このところ顔を合わせていないけれど、おみつちゃんは元気かしら。

ふと幼馴染《おさななじ》みのことを思い出し、お糸の足取りが重くなる。おみつも余一に惚れていたのに、迷う自分を励ましてくれた。そして、「夫婦になったお祝い」と言って、祝言の翌日に開運のお守りをくれたのだ。

何も言わずに譲ってくれたおみつちゃんに、こんな暮らしをしているなんて口が裂けても言えないわ。余一さんが文句を言ってくれれば、店の手伝いを減らせるのに。ついそんなふうに思ってしまう己のずるさに辟易《へきえき》する。父を気遣ってくれる亭主に腹を立てるなんて、どこまで身勝手なのだろう。

しかし、今の暮らしを続けることがいいことだとも思えない。どうしたものかと思いながら往来を歩いていると、道具箱を担いだ男たちとすれ違う。

「唐橋の身請け金は三千両だってな」

「富くじに当たっても、まだ足りねぇのか」

「千両あれば、一生遊んで暮らせるもんな。俺は唐橋より三千両のほうがいいや」

「俺は金より天女様だな」

余一さんもこんなふうに唐橋花魁の話を誰かとするのかしら。かすかに胸が妬《や》けたとき、お糸は目当ての青物屋に到着した。

「おや、お糸ちゃん。今日は何だい」

「葱が足りなくなっちゃって。おじさん、どれがいいかしら」

「うちのはどれも上物だよ。ついでにこっちの芋もどうだい。煮っ転がしにしたら、うまくてびっくりするぜ」

すかさず差し出された芋は確かに大きくておいしそうだ。しかし、余計なものは買えないと、お糸は笑顔で手を振った。

「せっかくだけど、芋は店にまだあるから」

「俺が言ってんのは、店で出す分じゃねぇ。お糸ちゃんが亭主に食わせる夕餉のおかずにどうかってことさ。さては、旦那は芋嫌いか」

「そういう訳じゃないけれど」

「大店《おおだな》の跡継ぎを袖にさせた色男なんだろう。せいぜいうまいもんを食わせておかないと、どこに飛んでいくかわからねぇぜ」

笑顔で縁起でもないことを言われて、お糸の身体が凍りつく。横にいたおかみさんが「余計なことを言いなさんな」と、亭主の脇腹《わきばら》を肘《ひじ》で突いた。

「お糸ちゃんのようなべっぴんさんを嫁にして、目移りなんかするもんかね。うちの宿六《やどろく》の言うことなんか、気にすることたぁないからね」

おかみさんの気遣いに何とか笑みを返してから、お糸は買った葱を抱えて歩き出した。

おじさんに「芋嫌いか」と聞かれるまで、あたしは余一さんの好物なんて考えたこともなかったわ。こんなことであの人の女房だって言えるのかしら。

気を抜くと膝《ひざ》から頽《くずお》れそうで、お糸は足の裏に力を込める。

恵まれない育ちの余一だから、出されたものに文句は言わない。しかし、食べられるものと好きなものは違う。何が好きかと尋ねれば、答えてくれたに決まっている。

「あたしはつくづく出来の悪い女房ね」

一緒になる前はさんざんえらそうなことを言っておいて、いざ一緒になってみたら女房の務めを果たさない。こんな暮らしが続いたら、余一だって愛想を尽かすだろう。

このままではいけないと、お糸は身体の向きを変える。その刹那《せつな》、余一と若い娘が並んで歩いているのがちらりと見えた。

二人の姿はすぐに消えたが、亭主を見間違えるはずがない。お糸は両手に葱を抱えたまま、人通りの多い往来に立ちすくむ。

余一の隣にいた娘は粗末な身なりをしていた。きっと始末を終えたきものを客に届けた帰りだろう。ややして察しはついたものの、胸騒ぎはいっこうに治まらなかった。

あの娘さんはきっと余一さんに惚れたのね。大事な形見がきれいになれば、うれしくなってしまうもの。

何も思っていなければ、一緒に歩いているはずがない。案じていた通りの成り行きに顔がこわばっていくのがわかる。お糸は青物屋に目をやってから、再び踵《きびす》を返して歩き出した。

さっきの芋を買って帰り、煮っ転がしを作るつもりだった。明日の朝、雑炊と一緒に出したら喜んでくれるかもしれないと。

でも、もしまた「余計な手間をかけるな」と言われたら……きっとみっともなく泣いてしまう。

惚れた相手と一緒になれば、すべてうまくいくような気がしていた。ところが、夫婦になってみると、何ひとつ思うに任せない。

お糸は葱で顔を隠しながら、だるまやへと足を速めた。

「お糸、ずいぶん遅かったな」

店に戻って葱を渡すと、父が訝《いぶか》しげな目でこっちを見る。お糸は空元気で笑みを浮かべた。

「おじさんが芋も買っていけってうるさいんだもの。店にまだあるから、いらないって言っているのに」

「他にも何か言われなかったか。もっと亭主を大事にしろとか」

どうして父がそんな言葉を口にするのだろう。息を呑んで見つめれば、父が面白くなさそうに顎《あご》を撫《な》でる。

「おめぇが嫁に行ってから、あそこの親父がうるせぇんだよ。お糸ちゃんをいつまでも当てにするなって」

「どうして、青物屋のおじさんがそんなこと」

「あそこの夫婦にゃ、子供がいねぇからな。おめぇやおみつちゃんのことが気になって仕方がねぇのさ」

いくら子供が欲しくても、恵まれない夫婦はたくさんいる。最初は商売敵《しょうばいがたき》の八百久が娘を邪険にしていると知り、腹を立てていたそうだ。

その後、奉公に出たおみつが無事にやっていると知ると、代わりにお糸を気にかけ出したとか。

「青物屋の親父と俺は年が近い。自分たちにも娘がいればと、おめぇを見るたびに思うんだろう」

「そうだったの」

「桶屋《おけ》の母親も『嫁に行った娘に甘えるな』とうるさくてよ。ふん、黙って孫の面倒を見ていればいいものを」

「桶屋の母親って、お品《しな》さんが？」

父によると、お品はかつてお糸を倅《せがれ》の嫁に望んでいたらしい。そんな人が別の男に嫁いだ娘を案じたりするだろうか。首をかしげるお糸の前で父が鼻息を荒くする。

「おくにが死んじまってから、勝手に母親代わりを気取っていやがる。どいつもこいつも訳知り顔で横からごちゃごちゃ言いやがって。だが、一番癪《しゃく》に障《さわ》るのは、連中の言っていることが間違ってねぇこった」

「おとっつぁん」

「おめぇだって父親の手伝いをしているより、惚れた亭主のそばにいてぇだろう。頭じゃわかっていたんだが、俺もひとりになるのがさびしくてよ。妙に物わかりのいい余一とおめぇに甘えちまった」

苦笑混じりにこっちを見る目がやさしくて、お糸は両手で口を覆う。今口を開いたら、涙があふれてきそうだった。

誰もいない長屋に帰りたくなくて、長居をする客が嫌いだった。

だが、お糸が余一と帰ったあと、父だってだるまやでひとりになる。わかっていたはずなのに、見て見ぬふりをしてしまった。

「前も言ったが、夜は俺がひとりでやる。だるまやはいずれ畳むんだ。客が減ったって、どうってこたぁねぇ」

「急に弱気にならないで。店を畳むと言ったって、まだ先のことでしょう」

強い調子で言い返してから、心の中で己をなじる。父がせっかく「夜は手伝わなくていい」と言ってくれたのに、どこまで恰好《かっこう》をつける気か。

「だったら、おめぇはこのまんまでいいのか。余一が文句を言わないからって、いい気になっていると痛い目を見るぜ。あいつは面倒くせぇ男だが、見た目だけはいいからな。言い寄る女は多いだろうよ」

思い当たる節があるだけに、お糸は言い返すことができない。下駄の先を見つめれば、父に背中を撫でられた。

「おめぇも余一も揃って頭に馬鹿がつくお人好しだぜ。いいか、親なんてもんは捨てていいんだ」

「おとっつぁん」

「捨てられて困るなら、おめぇを嫁にやるもんか。おめぇはおめぇのしあわせを一番に考えればいいんだよ」

父は母が死んだのは、店のために働きすぎたせいだと思っている。だから、頭ごなしに「店を継げ」と言われたことはなかったけれど、心の底では婿を取り、継いで欲しいという思いがあったのだろう。

「おとっつぁん、ごめんなさい」

「どうしておめぇが謝るんだ。何も悪いことなんぞしてねぇだろうが」

父が不満げに鼻を鳴らし、余一と同じことを言う。お糸が思わず笑ったとき、父が口の端を上げた。

「とはいえ、おめぇの亭主は頑固だからな。手伝いを減らすと言えば、余計な気を回すだろう。だから、六日は亭主と一緒に山王様へ行ってきな」

言われた言葉の意味がわからなくて、お糸はまたもや首をかしげる。

夜の手伝いをやめるという話なら、今夜したっていいだろう。どうして三日後に山王様まで行かなければいけないのか。

とまどっているのがわかったのか、父は呆《あき》れ顔で腕を組む。

「おめぇも罰当《ばちあ》たりになったな。六日は一の酉《とり》だろう」

「そういえば、そうね」

毎年十一月の一の酉は店を休み、親子で酉の市に行っていた。去年は清八が腰を痛めてしまったので、お糸がひとりで熊手《くまで》を求めに行った。

「去年はおめぇがひとりで行ったから、今年は俺がひとりで行く。おめぇは余一と一緒に山王様へ行ってこい」

「どうしてあたしたちは山王様へ行かないといけないの。親子三人で鷲《おおとり》神社に行けばいいでしょう」

そこで父から店のことを話してもらえば、余一も納得するはずだ。お糸が異を唱えると、父がしかめっ面でこめかみを押さえる。

「余一はきものの始末屋だろう。商売繁盛《はんじょう》を願うより、夫婦で山王様に行って子授け祈願をして来いってんだ」

「え、え、でも……」

まさか父の口からそんなことを言われるとは。お糸はうろたえ、口ごもる。対して、父はかけらも照れた様子はない。

「子はかすがいって言うじゃねぇか。夫婦で遠慮し合っているなら、親子になっちまえばいいんだよ」

生まれたばかりの赤ん坊は親の顔色などうかがわない。かわいい我が子に振り回されているうちに、互いに遠慮なんかしていられなくなると父は言いきる。

「俺だっていつまで生きるかわからねぇ。さっさと孫の顔を見せてくれ」

「そりゃ、あたしだって欲しいけど……子供ができたら、今よりもっと店の手伝いができなくなるわよ」

夜はともかく、客で店があふれる昼間は父ひとりでは無理だろう。ところが、父は
「なに言ってやがる」と笑い飛ばす。

「おめぇを嫁にやると決めたときから、こっちはひとりで店をやる覚悟はできてんだ」

「おとっつぁん」

「それにな、大事なもんのためだったら、人は踏ん張れるもんなんだ。孫ができたら、俺の腰も今よりしゃんとするだろうぜ」

そう言って腰を叩く父の姿にお糸はかすかに笑ってしまった。

三

六日に余一と山王様に行き、夜の手伝いをやめると伝えよう。父も孫の顔を見たがっていると言えば、余一だって駄目とは言うまい。

いきなり出だしでつまずいたけれど、これからは思い描いていた夫婦の暮らしができる。晴れやかな気持ちで働いていたら、客から口々にからかわれた。

「お糸ちゃん、何かいいことがあったのか」

「それなら、俺たちにもっとやさしくしてくれよ」

「そうそう、お糸ちゃんに会いたくて来てるんだからさぁ」

こっちは来てくれなんて頼んでないわ――と言い返せないところがつらい。お糸はにっこり微笑《ほほえ》んだ。

「あたしの機嫌がいいのは、もうじき店が休みだからよ」

「え、何で」

「ああ、今年の一の酉は六日だったか」

「何だよ、亭主とどっかに行くのか」

毎年のことなので、常連客は一の酉が休みだと知っている。図星を指されて口ごもれば、客の声が大きくなった。

「こっちは独り身なんだ。ちったぁ、遠慮してくれよ」

「飲まなきゃ、やってらんねぇぜ。お糸ちゃん、お替り」

「おう、こっちもだ」

お糸は小さな声で返事をして、父のいる調理場に逃げ込んだ。

夫婦になってから、いや夫婦になる前だって、余一と二人で物見遊山に出かけたことなど一度もない。少しくらい浮かれても罰は当たらないだろう。

前の日は髪結いさんを呼んで、きものもとっておきのを出さないと。その晩はあたしの手料理を余一さんに食べてもらわなくっちゃ。

いつにない上機嫌に感じるところがあったのだろう。めずらしく客たちは五ツ半（午後九時）前に引き上げていく。

最後の客を見送ってお糸が暖簾を下ろそうとしたとき、

「お糸ちゃん、仕事は終わったかい」

「六さん、こんな時刻にどうしたの」

振り向けば、足が遠のいて久しい古着屋の六助が立っていた。

親しいのは知っているけれど、どうして今夜に限って六さんと一緒なのかしら。

お糸は一瞬がっかりしたが、六助の長屋は岩本町だ。帰り道は別々だと気を取り直し、天水桶のほうを見る。

だが、肝心の余一の姿が見当たらず、とまどった目を六助に向けた。

「余一さんはどうしていないの」

「寒い店先で立ち話をしなくてもいいだろう。とりあえず中に入れてくれ」

六助はこれ見よがしに肩を震わせてから、店の中へ入っていく。お糸も暖簾を抱えて後に続いた。

「実は急ぎの仕事が入っちまって、余一はここ何日か身動きが取れねぇんだ。始末が終わり次第、やつがここへ迎えに来る。急な話ですまねぇが、お糸ちゃんはそれまでだるまやに泊まってくれねぇか」

床几に座ってせしめた酒をすすりながら、六助がこっちの顔色を見る。お糸は無言で余一の知り合いを見下ろした。

「ああ、飯のことなら心配いらねぇぜ。あいつは仕事に夢中になると、ほとんど飯を食わねぇから」

付け加えられた言葉を聞いても安心なんてできなかった。押さえつけてきた余一への不満が胸の中で一気に爆《は》ぜる。

仕事が忙しいときや大変なときほど、助け合うのが夫婦だろう。しかし、余一の考えは違うらしい。

どうしてという言葉だけが頭の中でぐるぐる回る。それでも嫌いになれないから、本当に「惚れたが負け」である。言葉をなくして立ちすくむお糸に代わって、父が低い声を出す。

「それで、お忙しい余一に代わって伝えに来てくれたのか。だったら、やつに言っといてくれ。仕事が終わっても、迎えに来るこたぁねぇってな」

「清八さん、そう言うなって。余一はお糸ちゃんのことを思って」

「お糸が仕事の邪魔になるなら、最初から一緒になるんじゃねぇっ」

相手にみなまで言わせずに、面と向かって怒鳴りつける。六助は息を呑んでから、慌ててお糸のほうを見た。

「お糸ちゃん、勘違いしねぇでくれよ。余一はおめぇを邪魔になんかしちゃいねぇ。今度の始末は文字通り一刻を争うんだ」

「大げさなことを言いやがって。たかが古着の始末じゃねぇか」

「そいつぁ聞き捨てならねぇな。古着の始末の何が悪い」

不機嫌な父が吐き捨てたとたん、六助が苛立ちもあらわに立ち上がる。

「二人とも、やめて」

お糸は険悪になった二人の間に両手を伸ばして割って入る。ここで六助を責めるのは筋違いというものだ。

「余一さんに伝えてちょうだい。あたしはだるまやにいるから、心置きなく急ぎの始末をしてくださいって」

夫婦になって、初めて余一が自分に望んでくれたことだ。

他に、何が言えるだろう。

「ただ、ご飯だけはちゃんと食べてって……」

笑って言うはずだったのに、どうしようもなく声が震える。父と六助に泣き顔を見せたくなくて、お糸は二階に駆け上がった。

仕方ないじゃない。

あたしがそばにいると、余一さんの仕事の邪魔になる。

一緒になってからずっと、こっちの都合を押し付けてきたんだから。

だるまやが休みでも、むこうが暇とは限らない。一緒に出かけられるって、ひとり決めして浮かれるほうが馬鹿なのよ。

真っ暗な部屋の中にしゃがみ込み、お糸は自分に言い聞かせる。固く閉じたまぶたの裏で、昼間見た余一と娘の姿が浮かぶ。

余一と一緒になってから、日のある間に一緒に歩いた覚えはない。それが無性に情けなかった。

半刻ほど経《た》ってさすがに涙も止まった頃、父が二階に上がってきた。

「真っ暗な部屋の中でうずくまっていても、ろくなことを考えねぇぞ」

怒ったように言ってから、行灯《あんどん》に灯《ひ》をともしてくれた。泣きはらした顔を見られたくなくて、顔を伏せたまま礼を言う。

「六さんは帰ったが、おめぇはどうする。櫓《やぐら》長屋に帰るなら、俺が送ってってやる」

「おとっつぁん、急にどうしたの」

さっきは「仕事が終わっても、迎えに来るこたぁねぇ」と言っていたのに、すぐに考えを変えるなんてめずらしい。お糸が驚いて顔を上げると、父が口をへの字に曲げた。

「一刻を争う理由ってやつを六助に聞いたのさ」

今回の始末は神田仲町《かんだなかちょう》の畳表《たたみおもて》問屋、青田屋《あおたや》から頼まれたものだという。

「そこの十二の娘が死にかけていて、息のあるうちに母親のきものを娘の寸法に仕立て直す。それがやつのやっている仕事だそうだ」

「……余一さんがよく引き受けたわね」

いくら急いでいるとはいえ、単なる仕立て直しなら余一でなくてもできるはずだ。しかも、仕立て直したきものはすぐに着られなくなってしまう。無駄と言ったらかわいそうだが、金持ちが嫌いな余一は断りそうな仕事である。

どうして今度に限って引き受けたのかしら。いつものように断ってくれれば、一緒に出かけられたのに。

つい虫のいいことを考えて、そんな自分に嫌気が差す。音をたてて洟《はな》をすると、父が額に手をやった。

「いざというときは始末をしてやるって、約束していたんだとさ」

青田屋の娘は生まれつき身体が弱く、医者から「大人になるまで生きられまい」と言われていた。そのため、真綿で包むようにして大事に育てられたという。

三年前、母親が誂《あつら》えた単衣《ひとえ》の小袖を娘が気に入り、「そのきものが欲しい」と駄々をこねた。青田屋夫婦はねだられるまま、娘のために仕立て直そうとしたのだが、

「仕立て直しを頼まれた連中は揃って二の足を踏んだそうだ。娘が気に入ったきものってのが、浅葱《あさぎ》の地に白の波頭《なみがしら》文様だったんだと」

三十路の女が着るのなら、夏にふさわしい年相応のきものである。

しかし、九つの女の子が着て似合うとは思えない。思いきり丈を詰めるから、肝心の模様だって台無しになる。誰もやりたがらない厄介な仕事は、六助を通じて余一のところに回ってきた。

「いくらも袖を通していねぇきものを子供のわがままで仕立て直す。余一がそんな始

末を受けるはずがねぇと、六さんは思ったらしい。だが、破格の手間賃に釣られて持ちかけてみたら、余一は青田屋夫婦に言ったんだと」

――このきものは一人前の女が着るから似合うんだ。しばらくは御新造《ごしんぞ》さんに貸しておいて、大人になってから袖を通せとお嬢さんに言ってくだせぇ。

そして、「もし大人になるまで生きられねぇとわかったら……そのときはすぐに始末しやす」と約束したそうだ。

余一の言葉は青田屋の娘に伝えられ、娘はめずらしく聞き分けたらしい。母親が波頭のきものを着ていると、「それはあたしのなんだから、大事に着てちょうだいね」と繰り返し言っていたのだとか。

そんな子がわずか十二で明日をも知れない身だなんて。見ず知らずの少女を思い、お糸の目頭が熱くなった。

女の子にとって、母親は身近な女のお手本だ。お糸だって「おっかさんの残した撫《なで》子《しこ》色の小袖が似合う大人になりたい」とずっと思って生きてきた。そのきものを着て余一と祝言を挙げたときは本当にしあわせだった。

青田屋のお嬢さんも大人になったら、そのきものを着てやりたいことが山のようにあったでしょうに。

黙って聞いているのがつらくなり、お糸は責めるように問い質《ただ》す。

「どうして急に具合が悪くなったの。青田屋さんは大店だし、いくらでも打つ手はあったはずよ」

「あいにく急な話じゃねぇらしい。お嬢さんは今年の夏から寝たきりになっていたんだと。それでも、青田屋の主人夫婦は余一に始末を頼まなかった。いよいよ駄目だというときまで頼めなかったんだろうさ」

きものの始末を余一に頼む――それは娘がこれ以上生きられないと観念することだ。青田屋夫婦にしてみれば、死の間際になるのも無理はない。

土壇場で始末を頼まれて、余一は今頃懸命に針を動かしているはずだ。亭主の役に立てないことが女房として情けない。

「そういう話を聞かされちまうと、さすがに別れろとは言いづれぇ。だが、これから急ぎの仕事が入るたび、こっちに戻るのも妙な話だろう」

だから、「帰るなら、俺が送ってってやる」と言ったのか。気遣いをありがたく思いつつ、お糸は首を左右に振った。

「先のことはわからないけど、今はあたしが戻っても邪魔になるだけだもの」

一緒に暮らし始めて二月、余一はお糸の前できものの始末をしたことはない。何度か夜なべをしたときは、二階にこもって仕事をしていた。泣きはらした顔で微笑むと、父が渋い顔をする。

「それにしても、間が悪かったな」

「山王様は消えてなくなったりしないもの。今は青田屋さんの始末のほうが大切よ」

生きていれば、この先いくらでも一緒に出掛けることはできる。お糸は胸の中で、余一の始末が間に合うことを神仏に祈った。


「それじゃ、おめぇはひとりで山王様に行くってのか」

六日の朝、父に聞かれてお糸はうなずいた。

「ええ、せっかく店が休みで一日好きにできるんだもの。日頃足を延ばせないところへお参りに行ってくるわ」

江戸にはたくさんの寺社仏閣があるが、特に多いのは、商売繁盛のお稲荷《いなり》様だ。江戸で多いものは「伊勢《いせ》屋　稲荷に犬の糞《くそ》」と言われるほどで、だるまやの近所にも玉《たま》池《いけ》稲荷がある。

しかし、山王様は今まで行ったことがない。神田明神《かんだみようじん》にはお参りしても、徳川《とくがわ》様の産土神《うぶすながみ》とは縁がなかった。

一昨日《おととい》、昨日と余一は姿を見せていない。まだ青田屋の小袖の始末は終わっていないのだろう。

「昨日、青田屋さんの様子を見てきたけれど、弔いの支度はしていなかったわ。お嬢さんが持ち直してくれるように、山王様に祈ってくるわね」

「わかった。だが、子授け祈願も忘れずにしてこいよ」

父の声に送られて、お糸は朝五ツ（午前八時）過ぎにだるまやを出た。髪は結い直さなかったし、きものもいつもの普段着である。帯だけはたまたま実家に置いてあった、余一が始末した糸巻き柄のものを締めた。

山王様はだるまやのある岩本町から見て、ちょうどお城の裏にある。晴れてよかったと思いながら、お糸はひとり歩いていく。

この三日、余一のことを考えては、きものの上から水晶の数珠珠《じゅずだま》に手を当てていた。余一からもらった水晶珠はお糸の大事なお守りだ。

余一がしているきものの始末は、古着の始末を超えた特別な意味がある。わかっていたはずなのに、夫婦になって欲が出た。きものの始末のことなど何ひとつ知らないくせに、遠ざけられて腹を立てた。

素人がそばをうろうろしたら、気が散って当然だもの。おとっつぁんとおっかさんがいつも一緒にいられたのは一膳飯屋だったからよ。

女房の役目も果たせないのに、親になりたいなんておこがましい。おとっつぁんには悪いけど、今日は青田屋さんのことだけお願いしよう。

お糸は我が身を省みて、糸巻きの帯を右手で撫でる。あちこちで人に道を尋ねながら、半刻以上かけて山王様の石段の下に辿《たど》り着いた。

徳川様の産土神だけあってさすがに立派な造りをしている。いかにもご利益がありそうだと思いながら、急な石段を上っていく。

先月は日本中の神様が出雲に行って山王様も留守だった。だが、月が替わって六日になったのだから、お戻りになっているはずだ。

どうか青田屋のお嬢さんが助かりますように。

助からないなら、せめて生きている間に余一さんの始末したきものに袖を通すことができますように。

お糸は柏手《かしわで》を打ち、両手を合わせて強く願う。

そして、顔を上げてふと思った。

そういえば、おみつちゃんにもらった開運のお守りはこの神社のものだったわ。ひょっとして、お嬢さんの子授け祈願に来たのかしら。

おみつの大事なお嬢さんが大隅屋の跡継ぎに嫁いでもうじき一年になる。そろそろ「赤ん坊はまだか」と急《せ》かされ始める時期だろう。

親に言われて嫁いだ挙句、その後もうるさく言われるなんて。いくらいいきものを着て、おいしいものが食べられても、あたしはまっぴらごめんだわ。

天乃屋に嫁がなくてよかったとお糸が改めて思ったとき、

「きゃあっ」

甲高い声に振り向けば、年老いた尼僧《にそう》が境内の隅でしゃがんでいる。さては転んだのかと駆け寄ると、数珠の糸が切れてしまったようだ。尼僧の周りの地べたには珠《たま》がいくつも散らばっていた。

「あの、尼僧様は動かないでくださいまし。膝の上の数珠珠まで地べたにこぼれ落ちてしまいます」

こぼれ落ちる数珠珠をとっさに受け止めようとしたのだろう。墨染の衣の膝の上には、たくさんの透き通る珠が載っている。お糸は身動きの取れない相手のそばにしゃがみ込んだ。

「転がってしまったものはあたしが拾います」

そう言いながら珠を拾い、お糸は我が目を疑った。自分の手の中にある珠が余一にもらった水晶珠とあまりにもそっくりだったからだ。

とっさに反対の手で胸を押さえ、きものごしに硬い手触りを確かめる。

水晶の数珠なんてみな似たようなものだもの。あたしが落としたものじゃなくて、本当によかったわ。

この中に紛れてしまったら、絶対に見分けがつかなかった。心の中でひとりごち、お糸は数珠珠を拾い続けた。

「見えるところにあるものはすべて拾ったつもりです。でも、どこかに取りこぼしがあるかもしれません」

硬くて丸い数珠珠は遠くまで転がったかもしれない。お糸は拾ったすべての珠を手ぬぐいに包んで差し出した。

尼僧はそれを受け取ってよろめきながら立ち上がる。膝の上にあった数珠珠は懐紙に包んでしまったようだ。

「ほんにかたじけない。見ず知らずの方に手数をおかけしました」

「とんでもない。困ったときはお互い様です。それより、数珠珠を数えてみてくださいまし。足りなければ、もう一度この辺りを探してみます」

数珠の珠は煩悩の数と同じ百八つだと聞いたことがある。それよりも少なかったら、拾い忘れがあるということだ。

しかし、尼僧はかぶりを振った。

「珠の数がひとつか二つ少なくなっても、どういうことはありません。ここで糸が切れたのも御仏《みほとけ》の思《おぼ》し召《め》しでしょう」

まさか、そういう答えが返ってくるとは思わなかった。面食らったお糸の手を尼僧の白い手が握る。

「それより、あなた様のおかげで助かりました。どうかお茶の一杯なりと、お付き合いくだされ」

「いえ、あたしは」

「仏弟子の言うことは素直に聞いておくものです。でないと、罰がありますぞ」

山王様の境内で仏の罰が当たると言われても……お糸はとまどいながら、年老いた尼僧のあとについていった。

四

山王様の境内にはいくつかの茶店が並んでいる。

尼僧はそのひとつの床几に腰を下ろすと、お糸にも座れと手招きをする。並んで腰を下ろすなり、茶店の主人が寄ってきた。

「いらっしゃいまし。おや、お連れ様がいるとはめずらしい。いつもと同じでようございますか」

「ええ、こちらの分もお茶と団子を頼みます」

この尼僧は頻繁にお参りをしているらしい。主人とは顔馴染《かおなじ》みのようで、すぐに頼んだものが出てきた。

「先ほど糸が切れた数珠は、かつてお仕えした庵主《あんじゅ》様の形見なのです。ほんにありがとうございました」

「もうお礼は十分です。それより、ここは風がまともに当たります。尼僧様は寒くありませんか」

店先の床几は風を遮るものがない。暑い時期はいいかもしれないが、そろそろ老いた身にはつらいだろう。さりげなく奥を勧めると、尼僧はしゃんと背筋を伸ばす。

「このくらいで寒いと言っていたら、都の冬は耐えられませぬ」

「あら、尼僧様は京のお方ですか」

言葉に上方なまりがないので、そう言われるまで気付かなかった。驚きの声を上げれば、相手は得意げな顔になる。

「お仕えする公家《くげ》の姫様がさる御旗本に輿入《こしい》れすることになりましての。関東の料理は舌に合いませぬが、乞われてついてまいりました」

告げられた言葉の中身にお糸の身体が凍りつく。供も連れずに歩いているから、てっきり貧乏寺の尼僧だと思っていた。

「も、申し訳ありませんっ。そのような尊い身分の方とは知らなくて」

お糸は慌てて立ち上がり、地べたにひれ伏そうとする。すると、「お座りなさい」と止められた。

「私自身は何の力もない年老いた尼にすぎませぬ。まして、そなたには恩がございます。どうか気楽に付き合ってくだされ」

そんなふうに言われても、「はい、わかりました」とうなずけない。

大店の主人やその身内なら、旗本やその家臣と口を利く折もあるだろう。だが、一膳飯屋の娘はそういう人々と縁がない。ひとりうろたえるお糸を見て、尼僧が大きなため息をつく。

「私はこっそり屋敷を抜け出し、ここにお参りに来ております。下手に人目を惹《ひ》きたくないのです」

つまり、身分を隠しての忍び歩きということか。お糸はようやく納得して、恐々《こわごわ》床几に座り直す。

「ところで、そなたも子授け祈願に来たのでしょう。大きな声では言えませんが、あまりご利益は望めませんよ」

「え、あの」

「私は二年もここに通っておりますのに、未だ奥方様に懐妊の兆しが現れぬのです。他の神社にすべきだったかもしれません」

耳元で声をひそめられ、お糸は目を丸くする。なるほど、身分の高い奥方様にはいかにもありそうな悩みである。

「数珠の糸が切れたのも、亡き庵主様がそのことを伝えようとなさったからでしょうか。そなたはどう思われます」

「あの、あたしは子授け祈願で来た訳ではないのです。亭主の仕事がうまくいくようにお祈りをしただけで」

尼僧に「どう思われる」と聞かれても、こっちは返事のしようがない。おどおどと答えれば、相手は「あら」と呟《つぶや》いた。

「年頃からして、私はてっきり……御亭主はどんな仕事をしているのです」

「きものの始末屋です。洗い張りとか、染み抜きとか、仕立て直しとか……家で女がするような仕事だと思われるかもしれませんが、うちの人の手にかかるとどんなきものも新品同然になるんですよ」

身分の高い人に「きものの始末屋」と言ったところで、たぶんぴんとこないだろう。そう思って言葉を付け足せば、尼僧は不思議そうに首をかしげる。

「染み抜きや仕立て直しのために神頼みをするのですか。御亭主はいい腕をしているのでしょう」

「今度ばかりは特別なんです。人の命の瀬戸際なので」

お糸は店の名を伏せて、青田屋の娘のことを話す。尼僧は神妙な顔つきになり、

「かわいそうに」と手を合わせた。

「十二の我が子を見送らなければならないなんて、親の嘆きはいかばかりか。御仏も酷なことをなさいます」

「あたしもそう思います」

「けれど、死ぬとわかっている子の寸法できものを仕立て直すとは。それを着て出歩ける訳でもないのに、もったいないことをするものじゃ」

尼僧の口から思いがけず貧乏くさい言葉が漏れる。本人もそう思ったらしく、墨染

の袖で口を隠した。

「つい口が滑りました。聞かなかったことにしてたもれ」

「大丈夫です。あたしだって少しそう思いますから」

亭主の仕事にケチをつけるつもりはない。それでも、もったいないと思うのが貧乏人の性《さが》である。本音を隠さず口にすれば、尼僧の顔が綻《ほころ》んだ。

「そういえば、まだお名前をうかがっておりませなんだ。私は憚《はばか》りがあって名乗ることはできませんが」

「あたしは糸と申します」

お忍びで出歩いている人の名を聞き出そうとは思わない。お糸は問われる前に自ら名乗った。

「なるほど、きものの始末屋の連れ合いにふさわしいお名前じゃ。お糸さんの御亭主がさほどに腕利きならば、いつかお世話になるかもしれません」

「まさか。御大身の奥方様とその家中の方なら、いくらでも新しいきものを誂えることができるでしょう」

古いきものに手を入れて、とことん着倒すのは貧乏人のすることだ。お糸が笑って手を振ると、相手は不意に真顔になる。

「そのようなことはありませぬ。今はどこの大名旗本も体面を守るために苦労しております。金に不自由がなかったら、貧乏公家の姫を奥方に迎えようとは思いますまい」

かろうじて体面を保っている武家と違い、公家は貧乏暮らしが身に染みついて久しい。そのため公家の姫たちはあまり贅沢《ぜいたく》を言わないので、武家の正室として重宝がられているのだとか。

思ってもみなかった話を聞いて、お糸は目を丸くした。

「公家のお姫様は、金の苦労なんて知らないのだと思っていました」

「そう見えるように振る舞っているだけじゃ。裏に回れば、嫁ぎ先の家臣に古い嫁入り道具を見下され、京言葉を使えば『気取っている』と文句を言われ、慣れない関東の味にため息をつき……それでも、嫁いだ先で生きていくしかないのです」

では、尼僧が京言葉を使わないのはそのせいか。お糸は返す言葉に困り、黙って相手の顔を見た。

白い顔にはしわが寄っているけれど、顔のつくりは整っている。若い頃は誰もが振り返る器量よしだったに違いない。

「あの、尼僧様はどうして御出家なすったんですか」

立ち入りすぎかと思ったけれど、相手はすぐに答えてくれた。

「私が最初にお仕えしたのは、今の奥方様よりずっと高貴な生まれの方でした。その方がさる大名家に嫁がれることになり、姫様と共に江戸へ下ったのです」

ところが、夫の殿様が若くして亡くなり、姫様は京に戻って出家した。尼僧もそのときに髪を下ろしたという。

「糸の切れた数珠はそのお方のものでした。庵主様が火事でお亡くなりにならなければ、私が再び江戸に来ることもなかったでしょう」

今の話を聞く限り、この尼僧は独り身を通したようだ。お糸は開運のお守りをくれた幼馴染みを思い浮かべる。

おみつちゃんも一生嫁には行かず、お嬢さんに仕えると言っていたけど、余一さんを好きになったわ。この方だって若い頃、誰かを好きだったかもしれない。

そんなことを思いながら、冷めたお茶に口をつける。ややして、団子を食べ終えた尼僧が口を開いた。

「お糸さんは御亭主のためにお参りをするくらいです。互いに思い思われて夫婦になったのでしょう」

恥ずかしいことを真顔で聞かれて、お糸の顔に血が昇る。蚊の鳴くような声で「はい」と言えば、尼僧が目を細めて顎を引く。

「そのしあわせを大事にすることじゃ。私がお仕えする奥方様はよく知らぬ相手の子を身籠《みごも》らなければならぬのですから」

さっき、尼僧は「二年も懐妊祈願に通っている」と言っていた。奥方様が輿入れしたのはそれよりも前ということになる。

三年近く一緒に暮らして、「よく知らぬ相手」はないでしょう。「嫌いな相手」と言うならわかるけど。

腹の中で思ったことはうっかり顔に出たらしい。

尼僧は湯呑に目を落とした。

「奥方様と殿様が話されることと言えば、今日の天気と暑さ寒さ、あとは身体の具合くらい。今のままでは十年経っても心が通うことはありますまい」

とっさに「どうして」と言いかけて、我に返って口をつぐむ。自分だって遠慮が先に立ち、食べ物の好き嫌いさえ聞けなかったではないか。

「身分の高い方は気ままに話すことが許されません。殿様のお気に入るように、家臣に侮られないようにと用心すれば、勢い言葉は限られます。私とてこのような話ができるのは、お糸さんがこちらのことを何も知らぬと思えばこそ」

「尼僧様」

「死んで生まれ変わったら、何のしがらみもない町娘になりたいものじゃ。きっと、お糸さんのように好きなお人と添えましょう」

しわ深い顔で微笑まれ、お糸は居たたまれない気分になる。

身分の高い家に生まれた者は家柄に縛られ、貧乏な家に生まれた者は貧しさに縛られる。好きな人と一緒になれるのは、本当に一握りしかいないのだ。

わかっていたはずなのに、願いがかなって忘れていた。そして、周りの不幸を知らされて、我が身の幸運を嚙み締めている。

「あの、あたしも奥方様の懐妊をお祈りします」

父は「夫婦で遠慮し合っているなら、親子になっちまえばいい」と言っていた。かわいい我が子に振り回されているうちに、遠慮なんかしていられなくなるとも。よく知らない相手でも、子ができれば仲が深まるだろう。

「子はかすがいと申します。跡継ぎが生まれることで、奥方様と殿様の心も通じ合うかもしれません」

尼僧は一瞬目を瞠《みは》り、すぐに「かたじけない」と礼を言う。それを見てお糸は調子に乗った。

「もし、きものの始末が必要になったら、神田岩本町の一膳飯屋、だるまやに来てください。この帯はうちの人が始末したものなんです」

もしかすると、余一の始末が殿様と奥方様の心をつなぐかもしれない。お糸が右手で帯を叩くと、尼僧は笑みを浮かべてうなずいた。

五

お糸は山王様の境内で尼僧と別れ、だるまやへと戻るべく石段を下りた。そして赤《あか》坂《さか》御《ご》門《もん》を過ぎたところで、息を切らして走ってくる余一に気付いて呼び止める。

「どうして、こんなところにいるの」

青田屋の始末が終わったのなら、長屋で寝ていればいいものを。慌ててそばに駆け寄ると、いきなり手を摑《つか》まれた。

「……話がある」

言うなり余一は口をつぐみ、今来た道を引き返す。お糸は手を摑まれたまま、小走りでついていった。

青田屋さんの始末は間に合ったの？

この三日、ちゃんとご飯は食べていた？　六さんやおとっつぁんから、何か気に障ることを言われたの？

すぐに尋ねたかったが、余一の顔つきが剣呑《けんのん》でどうにも声をかけられない。おまけに足も速すぎて、口を開く暇がない。

せっかく明るいうちから二人で歩いているのに、どうしてこんなふうになるのだろう。お糸は手を振り払うことも、話しかけることもできないまま、ひきずられるようにして歩き続ける。余一の目指す行き先が櫓長屋だと気付いたのは、見慣れた白壁町まで戻ってきたときだった。

「もう、おれのことが嫌になったか」

長屋の腰高障子《こしだかしょうじ》を閉めるなり、余一が思い詰めた口調で言う。お糸は土間に立ったまま、ぽかんと亭主を見返した。

「始末が終わるまでだるまやにいてくれって言ったのは、おれが夜なべをしているとおめぇが気にすると思ったからだ。お糸が邪魔だってことじゃねぇ」

「余一さん、お願いだから落ち着いてちょうだい。うちに帰ってきたのに、立ち話をしなくてもいいでしょう」

言われて、余一も我に返ったらしい。ばつの悪そうな顔をして、板の間の上に腰を下ろす。お糸は湯呑に水を汲《く》み、まずは自分が飲んで一息つく。それからもう一度水を汲んで余一に湯呑を手渡した。

「あたしは余一さんを嫌いになったりしやしないわ。むしろ、余一さんがあたしと一緒になったことを後悔しているかと思っていたの」

「馬鹿なことを言うな。おれが後悔なんざするはずねぇ」

「だったら、どうして女房らしいことを何ひとつさせてくれないの。あたしだって余一さんの役に立ちたいのよ」

山王様で会った尼僧は、「身分が高い方は気ままに話すことが許されません」と言っていた。せっかく何も背負っていない貧乏人同士に生まれたのだ。思ったことを言わないなんてもったいない。

開き直って見つめれば、余一が気まずそうに目をそらす。

「おめぇをこき使って、愛想を尽かされたくなかったんだよ」

天乃屋に嫁いでいれば、朝早く起きて飯を炊くことも、店の手伝いの合間に弁当を作って届けることもなかったはずだ——言いにくそうに説明されて、お糸は驚くよりも呆れてしまった。

「どうしてそんなふうに考えるの。あたしは天乃屋さんに嫁げばよかったなんて、これっぽっちも思ってないわ」

「おれだってそれくらいわかってる。それでも気になっちまうんだ」

情けないことを言っていると自分でもわかっているのだろう。余一が顔を赤くして、頭を抱えて下を向く。背中を丸めた亭主の姿をお糸はじっと見つめていた。

この人が見知らぬ娘と歩いている姿を見て、自分はひとり気を揉《も》んだ。それと同じようなことをこの人だってしていたのか。

お糸は安堵《あんど》の笑みを浮かべて、「余一さん」と呼びかける。

「おとっつぁんがね、あたしたちのことを心配して『夜は手伝わなくていい』って言ってくれたの。でも、肝心なのは一緒にいることじゃなくて、思ったことをちゃんと伝えることだったのね」

「………」

「あたしはもう少し夜も手伝いを続けるわ。それで、店が暇なときには弁当を作って余一さんに届けます」

きっぱりと言いきると、余一がそろそろと顔を上げる。困っているのが見て取れて、お糸は知らず眉《まゆ》を寄せた。

「あたしは遠慮されるより、頼られるほうがうれしいの。もし弁当が迷惑だって言うなら、夜の迎えもいらないから」

「……わかった。おれもそろそろしあわせってやつに慣れねぇとな」

思いがけない言葉を聞いて、お糸は目を見開いた。

今日の余一は無精ひげを生やし、顔色も悪い。走ったせいで髷《まげ》の先は割れているし、きものは汗を吸ってしわくちゃだ。帯だってだらしなく緩んでいる。

どんなに元がよくたって見る影もないはずなのに、やっぱりこの世で一番恰好よく見えるのだから始末が悪い。

それから、はたと我に返った。

「ねぇ、青田屋さんの始末はどうなったの。始末をしている間も、ご飯はちゃんと食べていたの。山王様まで迎えにきたのは、おとっつぁんに言われたからなの」

続けざまに問いを発すると、余一は面食らいつつも順を追って答えてくれた。

朝四ツ（午前十時）前に始末が終わって長屋を出ようとしたところ、古着屋の六助が表で待ち構えていた。そして「きものは俺が青田屋に届ける。おめぇはすぐにだるまやへ行け」と言われたそうだ。

「慌ててだるまやに行ったら、店は休みでおめぇは朝から出かけたっていうじゃねぇか。親父さんに行き先を尋ねたら、おっかねぇ顔で睨《にら》まれた。『お糸が仕事の邪魔になるなら、別れたっていい』とすごまれたときは、生きた心地がしなかったぜ」

だから、寝不足の疲れた身体で山王様まで走ってきたのか。わざわざ迎えにいったって行き違うかもしれないのに。

「飯はここに来る前に親父さんが食わせてくれた。心配しなくていい」

その割にやつれているように見えるけれど、ひとまずそれは後回しだ。お糸は「だったら、今すぐ青田屋へ行きましょう」と腰を上げた。

神田仲町は櫓長屋のある白壁町からいくらも離れていない。余一とお糸が畳表問屋、青田屋の前に着いたのは、ちょうど昼八ツ（午後二時）になるところだった。

「あれ、お糸ちゃんと余一じゃねぇか」

大戸の下りた店の様子をうかがっていると、裏から出てきたらしい六助に背後から声をかけられた。

「二人揃ってここにいるってこたぁ、うまくまとまったみてぇだな。こりゃ、死んだ青田屋の娘のご加護かもしれねぇ」

ほっとしたような呟きに、お糸は思わず息を呑む。

「お嬢さんは亡くなったの」

「ああ、小半刻ほど前に親に看取られてあの世へ逝った。俺がきものを届けたときはかろうじて息があったんだが、あいにく着替えさせることはできなくてな。布団の上からかけてやるのが精一杯だった」

母親は枕元《まくらもと》で「おっかさんよりよく似合うわ」と涙ながらに繰り返していたという。話を聞いた余一は暗い表情で吐き捨てた。

「おれの始末は無駄だったな」

「どうしてそんなことを言うの。ちゃんと間に合ったのよ」

「布団の上からかけてやるなら、丈や裄《ゆき》を詰めなくてもいい。おれが慌てて始末をしたせいで、あのきものは誰も着られなくなっちまった」

「いいえ、たとえ余一さんが始末をしなくても、御新造さんは二度と着なかったはずだわ。娘の寸法で仕立て直してもらったから、波頭のきものはお嬢さんの形見になったのよ」

いくら時が流れても、娘の死とつながるきものを母親が着られるはずがない。お糸がそう言いきると、余一が驚いた顔をした。

「だが、お嬢さんは袖を通しちゃいねぇんだぞ」

「袖は通していなくても、お嬢さんとの思い出は詰まっているはずだもの。御新造さんはこの先ずっと波頭のきものを見るたびに、死んだ娘の背丈や身体の細さを思い出すに違いないわ」

往来だということも忘れてうっかり声を荒らげる。そのとき、六助が驚いたような声を上げた。

「青田屋の旦那《だんな》、こんなときにどちらへ」

とっさに六助の見ているほうに目を向けると、青鈍色《あおにび》(黒味のある縹色《はなだ》)のきものの上に黒羽織を着た四十がらみの男が立っている。余一は「このたびはご愁傷様です」と頭を下げ、お糸も慌ててそれに倣《なら》った。

「恐れ入ります。夏からずっとこの日が来るのはわかっておりました。私と妻の踏ん切りがつかなかったばっかりに、余一さんには無理をさせてしまいました」

疲れた声を出す主人はずっと娘に付き添っていたのだろう。ひげは剃《そ》ってあるものの、目の下には濃い隈《くま》が浮かび、顔色も悪い。お糸が思わず目を伏せると、六助は再度主人に尋ねた。

「これから弔いの支度で慌ただしくなるでしょう。旦那が供も連れずに出かけちまっていいんですかい」

「……男親というのは難儀なものでね。人のいるところでは泣くこともできやしない。

弔いの支度の差配は番頭に、娘についているのは妻に任せてまいりました」

どんなに覚悟をしていても、実際に起こってしまえば受け止めきれないこともある。自嘲めいた返事を聞いて、六助が慌てて口を押さえる。

余一は言いにくそうに口を開いた。

「面目ねぇ話だが、おれは青田屋さんとの約束を忘れていやした。三日の夕方にとっつぁんと青田屋さんの奉公人がやってきて、波頭の単衣を見せられてようやく思い出したんでさ」

――このきものは一人前の女が着るから似合うんだ。しばらくは御新造さんに貸しておいて、大人になってから袖を通せとお嬢さんに言ってくだせぇ。

三年前に言った言葉は嘘《うそ》ではなかったろう。

だが、それは青田屋の娘のためではなく、きもののための言葉だった。まだ新しいきものを台無しにするのが嫌だったのだ。

「挙句、お嬢さんは始末したきものを着られなかったと聞きやした。こんなことなら仕立て直さなけりゃよかったんじゃねぇかと」

「いえ、それは違います。余一さんの始末が間に合ったおかげで、私と妻は嘘を重ねなくてすみました」

青田屋は首を左右に振り、ため息まじりに語り出す。

「私と妻は娘に嘘ばかりついてきたんです。この薬を呑んだら元気になれる、元気になったら行きたいところへ連れていってやる……そんなかなわぬ口約束をどれほどあの子にしたことか。だから、かなえられる願いはできるだけかなえてやりたかった」

三年前も娘が納得しなければ、別の職人に仕立て直しを頼むつもりだったという。しかし、娘は余一の申し出を喜んだらしい。

「きっと、いざというときはすぐに始末をすると約束してもらったからでしょう。あの子は大人になるまで生きられないとうすうす察しておりましたから」

それでもできるだけ生きて、波頭のきものが少しでも似合うようになりたい――その思いが病の娘を支えていたと青田屋は言った。

「実を言うと、九月を過ぎたあたりから『波頭のきものを仕立て直して欲しい』と娘に言われていたんです。それなのに、私と妻は取りあわなかった。おまえはきっとよくなる、弱気になるのはまだ早いと言い続けて……医者に今日明日の命と言われてから、慌てて奉公人を走らせました」

そして、娘の枕元で「もうすぐ波頭のきものが着られるから。それまで頑張っておくれ」と言い続けたそうだ。

「余一さんとあの子が頑張ってくれたおかげで、私と妻は最後の最後に嘘を重ねずにすんだんです。本当にありがとうございました」

静かに腰を折る青田屋を見て、六助が洟をすすり上げる。お糸もきものの袖で目頭を押さえた。

「差しでがましいようだが……旦那はこれからどこへ行くんです」

傷心の父親を気遣ったのだろう。余一がためらいがちに尋ねると、青田屋は空に目を向けた。

「娘の代わりに海を見に行こうと思いまして。おかしいでしょう。うちの娘は江戸に住んでいながら、海を見たことがないんですよ」

ああ、それで波頭の文様が気に入ったのかと、お糸はようやく腑《ふ》に落ちる。なかなか外に出られなかった少女は、きものの柄を見ることで青くて広い大海原を思い浮かべていたのだろう。

「前に余一さんから、寄せて返す波頭は永遠や長寿を表すおめでたい柄だと聞きました。あの子がよりによってそんな柄を気に入るなんて皮肉なものだと思いましたが……先立たれた今となれば、一番ふさわしい気がします」

そして、青田屋ははるかな海を見ながら娘を思って泣くのだろう。葬式が終われば、娘に触れることはできなくなる。

だが、形見のきものはこの世に残る。悲しみに沈む夫婦を支え、あの世の娘を忍ぶよすがとなる。お糸は一歩前に出た。

「あの、お嬢さんに手を合わせてもいいでしょうか」

青田屋が驚いたように目をしばたたいた。

「それは構いませんが、おまえさんは」

「余一の恋女房でさ」

脇から六助に口を挟まれ、お糸は派手にうろたえる。すると、青田屋の主人がお糸に向かって頭を下げた。

「このたびは御亭主に無理な仕事をお願いしました。おかげさまで、心穏やかに娘を送ることができました」

「どうか、頭を上げてくださいまし。うちの人はきものの始末屋として、仕事をしただけですから」

気が付けば、お糸はそう返していた。

付録 主な着物柄

更紗文《さらさもん》

更紗は近世初頭から渡来した木綿布。多彩な模様が染められた。特にインド製の古渡更紗は、日本人の好みに合わせた文様が多く使われている。

結《むす》び文《ぶみ》

書状を細く畳み、結んだ形を図柄化した文様。

三重《みえ》襷《だすき》

三本線の襷格子。また、斜線を交差させた中に菱《ひし》を入れ三重とし、さらに花菱や四つ菱を入れた文様。

鳳凰文《ほうおうもん》

古くは中国で尊ばれ、天下が泰平になれば現れると伝えられた、想像上の瑞鳥《ずいちょう》を図案化した吉祥文様。

獅子文《ししもん》

獅子は百獣の王ライオンのこと。日本へ伝来する過程で、ライオンをもとに想像上の獣が考えられ、唐獅子とも呼ばれた。この獅子を図案化した文様。

柳《やなぎ》に燕《つばめ》

燕は害虫を食べる益鳥といわれる。その燕が柳をすり抜けて飛び交う様子を図案化した文様。

光琳松《こうりんまつ》

尾形《おがた》光琳の描いた独特な笠松《かさまつ》を図案化した模様。

遠山文《とおやまもん》

遠くに見える山並みを文様化したもの。

遠州椿《えんしゅうつばき》

椿の花を文様化したもの。江戸時代初期の茶人「小堀遠州《こぼりえんしゅう》」が好んだということから名付けられた。

乱菊文《らんぎくもん》

菊文様のひとつ。花弁を大きく長く描き、乱れ咲いた様子を表した文様。

葡萄《ぶどう》唐草文《からくさもん》

葡萄の蔓《つる》を唐草文の主軸とし、実と葉を配した文様。

波頭文《なみがしらもん》

波の盛り上がった形や、波の立ってくずれる形を文様化したもの。

本書は時代小説文庫（ハルキ文庫）の書き下ろし作品です。

時代小説文庫
な 10-8

異《い》国《こく》の花《はな》 着物《きもの》始《し》末暦《まつごよみ》㈧

著者 中《なか》島《じま》要《かなめ》

2017年2月18日第一刷発行

発行者 角川春樹

発行所 株式会社 角川春樹事務所
〒102-0074 東京都千代田区九段南2-1-30 イタリア文化会館

電話 03(3263)5247[編集] 03(3263)5881[営業]

印刷・製本 中央精版印刷株式会社

フォーマット・デザイン&シンボルマーク 芦澤泰偉

ISBN978-4-7584-4070-7 C0193

http://www.kadokawaharuki.co.jp/[営業]
fanmail@kadokawaharuki.co.jp[編集] ご意見・ご感想をお寄せください。

時代小説アンソロジー

江戸味わい帖

身をひさいで得た売り店を繁盛店にのし上げる、いなせな女を描いた「金太郎蕎麦」（池波正太郎）、罪を犯した料理人が長い彷徨のすえ辿り着いた境地を描く「一椀の汁」（佐江衆一）、京ならではの料理を作るべく苦悩する板前と支える女の情実を綴る「木戸のむこうに」（澤田ふじ子）、異母兄弟であり職人同士でもある二人の和菓子対決「母子草《ははこぐさ》」（篠綾子）、豆腐屋の婿になった塚次の困難に対峙する姿が感動的な「こんち午《うま》の日」（山本周五郎）、塩梅屋の主人・季蔵のやさしい心遣いと鰯料理の味が沁みる「鰯の子」（和田はつ子）の計六篇を収録。江戸の料理と人情をたっぷりと味わえる、時代小説アンソロジー。

時代小説アンソロジー

ふたり

時代小説夫婦情話

〈男と女が互いの手を取り、ふたりで歩むことで初めて成れるもの。それが夫婦〉（編者解説より）。夫婦がともに歩んで行く先には、幸福な運命もあれば、過酷な運命もある。そんな夫婦の、情愛と絆を描く、池波正太郎「夫婦の城」、宇江佐真理「恋文」、火坂雅志「関寺小町」、澤田ふじ子「凶妻の絵」、山本周五郎「雨あがる」の全五篇を収録した傑作時代小説アンソロジー。五人の作家が紡ぐ、五組の男と女のかたちをご堪能ください。

ハルキ文庫

時代小説アンソロジー

名刀伝

刀は武器でありながら、芸術品とされる美しさを併せ持ち、霊気を帯びて邪を払い、帯びる武将の命をも守るという。武人はそれを「名刀」と尊んで佩刀とし、刀工は命を賭けて刀を作ってきた——。そうした名刀たちの来歴や人々との縁を、名だたる小説家たちが描いた傑作短編を集めました。浅田次郎「小鍛冶」、山本兼一「うわき国広」、東郷隆「にっかり」、津本陽「明治兜割り」に、文庫初収録となる好村兼一「朝右衛門の刀簞笥」、羽山信樹「抜国吉」、白石一郎「槍は日本号」を収録。

ハルキ文庫